書下ろし

金曜日 銀座 18:00

草凪 優

祥伝社文庫

目次

第一章　似たもの同士

1

ナンパなんてチャラい男のすることだと軽蔑《けいべつ》していた。

いまもしている。

にもかかわらず、八木《やぎ》俊《しゅん》太郎《たろう》はどういうわけか、いまいちばんホットなナンパスポットと言われている、コドリー街の〈THE PUB〉にいた。

金曜日の十八時ともなれば、スタンディングで飲める店内は満員電車さながらの混雑状態だ。客層は二十代から三十代が中心。学生ふうはほとんど眼につかない。コートニー街は銀座にある洒落た飲食店が建ち並ぶストリートで、オフィス街が程近いから、大人の男女の出会いの場となっている――らしい。

「まったく、なんでこんなところで飲まなきゃならないわけ?」

八木は舌打ちをしてから、生ビールを喉《のど》に流しこんだ。

「人混みなら、朝晩の通勤でうんざりするほど味わってるって。なんで立ち飲み……一日働いて疲れてるのに……」

「混んでる店で立ち飲みだから、声がかけやすいんだよ」

水崎彰彦《みずさきあきひこ》は声をひそめて言った。八木が普通の声量で悪態をついたのが気にくわないらしく、睨《にら》むような眼を向けてくる。

「声がかけやすいっていうか、仲良くなりやすい。仲良くなりたいんだろ、女子と」

「べつに……」

八木がヘラヘラ笑うと、

「強がりはよせよ。せっかくひと肌脱いでやろうっていうのに」

水崎はぴしゃりと言ってから、ふっと人懐《ひとなつ》っこい笑みをもらした。その笑顔に釣られて、八木も思わず笑ってしまう。

八木と水崎は会社の同僚で、中堅どころの医療機器メーカーに勤めている。部署は営業部。同期入社で、ともに三十歳。明るくスマートな水崎と、ネガティブで皮肉屋な八木は、容姿《ようし》も性格も正反対なのだが、意外とウマが合う。自分にないところを相手が補《おぎな》ってくれるからだろうか。仕事上では名コンビの呼び声も高い。

とはいえ、プライヴェートで飲みにくるなんて珍しいことだった。それもナンパ目的だなんて……。

『飲み屋でナンパ？　インターネット全盛のこの時代に？』

『出会い系も悪くはないが、結局のところ、男と女は直接会うのがいちばん話が早いんだ。俺はおまえが心配なんだよ。もう三十になったことだし、そろそろ真剣に所帯《しょたい》をもつことを考えたほうがいい』

水崎はそう言って、半《なか》ば強引に八木をこの店に連れてきた。おそらく自分がホットなナンパスポットに来たかっただけだと、八木は睨んでいる。

所帯云々は、最近自分が結婚したばかりだからできる説教だった。水崎は半年前、六本《ろっぽん》木《ぎ》にある外資系ホテルで盛大な結婚式を挙げた。しかし、昔からパーティが大好きな軽薄《けいはく》な男だったから、そろそろ浮気の虫が疼《うず》きだしたのだろう。社内一モテない女ひでりの同期のためにひと肌脱ぐということであれば、新妻に対して言い訳ができるとでも思ったに違いない。

「だいたい俺は……」

八木は水崎に言ってやった。

「モテなかろうが、彼女がいなかろうが、べつに困っちゃいないんだ」

女に興味がないわけではない。むしろ性欲は人並みはずれてあるほうだが、すべてフーゾクで解決している。わざわざモテない自分と向きあって落ちこむより、そのほうがよほど現実的な生き方だ。

「そう言うなって。俺は仕事でずいぶんとおまえに助けてもらってるし、たまには恩返ししたいのさ……おっ、あれなんかどうだい？」

水崎の視線を辿《たど》っていくと、派手な身なりのふたり連れがいた。いかにもザ・銀座な雰囲気である。派手さが板についているというか、金がかかりそうというか……。

この店に来る道すがら、頼んでもいないのに、水崎はあれこれとナンパの極意を講釈《こうしゃく》してきた。

『ナンパっていうのは、絶対にコンビでやったほうがいいんだ。で、ふたり組の女の子に声をかける。一対一だとお互いに緊張するし、人数が合わなくちゃ次の店に誘いづらいからな』

なるほど、だからナンパもののＡＶは、ふたり組の男優がふたり組の女に声をかけ、４Ｐに雪崩《なだ》れこむのが定石《じょうせき》なのかと感心したが、口には出さなかった。

「俺、派手な服の女は苦手なんだけど……」

「馬鹿野郎。派手な服を着てるってことは、それだけナンパされたいモードだってことさ」

水崎は人混みの中を水すましのようにスイスイと移動し、狙《ねら》った獲物に近づいていった。見た目もスマートだが、フットワークも軽快な男だった。声までは聞こえてこなかったものの、おそらく誘い文句も巧《たく》みなのだろう。あっという間に女たちの顔に笑みを浮かべさせ、八木に向かって手招きしてきた。

交渉成立、ということらしい。

「まったく、なんだってこんなに混んでるところで飲まなきゃいけないんだよ……」

八木はブツブツ言いつつ、ビールをこぼさないように注意して、水崎のいる方に向かっていった。

「彼女たち、化粧品メーカーの美容部員なんだって」

水崎が紹介してくれる。

「どうりで綺麗《きれい》なはずだよな。この店でいちばん目立ってるよ」

「やだもう……」

「そんなことありませんよ……」

口では否定しつつも、満更《まんざら》ではないようだった。理由ははっきりしている。水崎を見る眼が、ハートマークになっている。

（ハッ、こいつに色目を使ったって無駄さ。すでに嫁《よめ》がいるんだから……）

八木は冷ややかな眼つきで女たちを眺めた。たしかに悪くない容姿をしているが、目立っているのは、原色の服に身を包み、化粧が濃くて、つけられるところすべてにジャラジャラとアクセサリーをつけているからだ。

「美容部員ってあれですか？　デパートの一階を占領している」

八木が訊《たず》ねると、

「はい」

「そうです」

女たちはハキハキと答えた。

「あそこって男には嫌な空間ですよね。間違って入りこんじゃったりすると、店員の女たちは、ツーンと鼻をもちあげて場違いなやつが来たって顔をする。こっちは所在がなくなって、アタフタしちゃいますよ。悪いことはなにもしてないのに」

しらけた空気が流れる。

「だいたい、女ってどうしてあんなに化粧が好きなんでしょうかね？　男にモテたいからじゃないですよね？　だって男は、断然すっぴんのほうが好きですから。ゴテゴテしたメイクをして、香水の匂いをプンプンさせてる女なんて、一緒に飯も食いたくないですよ、正味《しようみ》の話が」

美容部員のふたり組は、ひきつった笑みを浮かべて去っていった。けっこう毛だらけである。ちょっと綺麗だからといって、男が誰でもチヤホヤすると思ったら大間違いだ。

それでも水崎は、懲《こ》りずに次々と女に声をかけては、即席の合コンを成立させようとした。まったくご苦労な話である。水崎が連れてくる女たちを、八木は片っ端《ぱし》からディスってやった。

「ナースさんって、たいてい医者と不倫してるっていいますけど、あれ本当なんですかね？　不倫でさんざん遊ばれて、ポイ捨てされてるって」

「ペットショップ勤務？　動物虐待《ぎやくたい》についてどんなご意見をお持ちですか？」

「××社の人？　いいんですか、こんなところでビールなんか飲んでて。この前、親会社が国税局に摘発されたばかりじゃないですか」

もちろん、まともに会話は成立しなかった。まったくだらしない女ばかりである。この程度のシャレが通じない女と酒を飲んだところで、面白くもなんともない。

だがさすがに、水崎の顔色が変わってきた。

「おまえ、いい加減にしろよ」

「俺のせいじゃない」

八木は両手を上に向けて肩をすくめた。

「おまえがつかまえてくる女が、イマイチすぎるからこういう結果になる」

「よし、わかった。じゃあ、今度はおまえのお眼鏡《めがね》にかなった女に声をかけよう。どれがいい？」

「うむ、そうだな……」

八木は石油王にでもなった気分で顎《あご》をさすりながら、悠然《ゆうぜん》と店内を見渡した。

好みのタイプは昔から変わらない。

エロい女だ。

全身からフェロモンがダダ漏れになっているタイプがいいが、フーゾク店ではないのでそういう女は見当たらなかった。

となると、次にピンとくるタイプは……。

「あれなんかどうかな？」

八木が視線で指したのは、店のいちばん奥まったところにいるふたり組だった。会社の先輩後輩だろうか。年も離れていれば、キャラもずいぶんと違うコンビである。落ち着いた大人の美女と、若くて可愛《かわい》いタイプ。そのギャップがいい。

「二度と無神経なことは言わないと約束するか？」

水崎が眼を据わらせて言った。

「約束するなら、話をまとめてきてやる」

「もちろん約束する」

八木が笑顔でうなずくと、水崎は軽い足取りで店の奥に進んでいった。

2

八木がチョイスし、水崎がきっちり仲良くなった女たちは、高見沢詩織《たかみざわしおり》と花井梨奈《はないりな》という名前だった。

詩織が三十代半ばで、梨奈が二十代半ばと年が離れている。

装《よそお》いも詩織は濃紺のタイトスーツで、梨奈はピンクのニットにレモン色のミニスカートだったから、どういう関係なのかよくわからない。

「会社が一緒なんです。アパレルメーカーで事務やってます」

にこやかに自己紹介した梨奈は、栗《くり》色の巻き毛がよく似合う、男ウケするタイプだった。それも、ファッション雑誌で読者モデルをやっていると言われても信じてしまいそうなハイレベルな可愛らしさで、笑顔には屈託《くったく》がない。

一方——。

「べつにわたしたち……ナンパされることを期待してたわけじゃないんですよ、ねえ?」

こわばった顔で梨奈に同意を求める詩織は、八木と同等かそれ以上に、ホットなナンパスポットが場違いだった。

彼女に似合いそうな場所は……と八木は思いを巡らせて、吹きだしそうになってしまった。どう考えても、オフィスの給湯室だったからだ。眼鼻立ちが整った和風美人だし、ストレートの黒髪はつやつやと輝いているし、すらりとしてスタイルも抜群《ばつぐん》なのだが、どうにも「お局《つぼね》さま」的な雰囲気がしてしようがない。

「やっぱり、可愛い新人が入ってきたりするといじめたり……ぐううっ!」

水崎に足を踏まれ、八木は眼を白黒させた。

「僕たちもナンパ目的なんかで来たんじゃありませんよ。会社帰りにちょっと一杯と思っただけなんですけど、おふたりがあまりに魅力的なんで、つい声をかけてしまいました。すみません」

「やだ、魅力的なんて……」

梨奈が楽しげに笑いながら身をよじる。

白々《しらじら》しいやつらだ、と八木は内心で呆《あき》れかえった。こんなぎゅう詰め満員の店で立ったまま酒を飲んでいるなんて、男女問わずナンパ目的で来ているに決まっているではないか。

「会社、この近くなんですか？」

「ええ、もう歩いて五分」

「いいな、繁華街に近くて」

「こっちこそ、アパレルメーカーなんて羨《うらや》ましいですよ。うちはお堅《かた》くて真面目《まじめ》な女ばかりだから、少々息がつまる。やっぱり女子には華やかな格好をして、笑顔を振りまいてもらいたいものです」

「アパレルっていっても、わたしたちは事務だから、べつにおしゃれじゃないですよ。プレスの子とかはもっと全然違う感じで」

会話をしているのは、水崎と梨奈だけだった。ふたりはどこか同じ匂いがした。パリピ＝パーティピープルの匂いだ。意味もなくパーティばかり開いては、シャンパンやテキーラを飲んでウェイウェイ言っている脳天気な連中である。

一方の詩織は……。

会話に入る素振《そぶ》りもなく、終始《しゅうし》うつむいたまま、おいしくもなさそうにビールをチビチビ飲んでいる。居心地が悪いのだろう。

八木と一緒だった。

とはいえ、同じ人種という感じはしない。彼女の場合、たとえばシックなフレンチレストランとか、鹿威《ししおど》しがカーンと鳴るような高級料亭なら、違和感なく溶けこめそうだった。先ほどは給湯室が似合いそうなどと想像してしまって申し訳なかった。彼女は要するに大人だった。ホットなナンパスポットで立ち飲みをするには、落ち着きすぎている。

「ちょっとここは賑《にぎ》やかすぎますね」

水崎が声音《こわね》をあらためて言った。

「もしよかったら、もうちょっと静かなお店に移動しませんか？　もちろん、僕たちがご馳走《ちそう》しますので」

「ホントですか？」

梨奈が両手を胸の前で合わせて眼を輝かせる。

「すぐそこにイタリアンバルがあるし、焼肉とかもおいしいお店がありますよ。あっ、台《たい》湾《わん》屋台料理っていう手もあるな」

「行きますよね？」

梨奈が詩織の腕を取って同意を求めたので、

「ちょっと待った！」

八木は声をあげて制した。水崎が不安げな眼を向けてくる。せっかくうまくいきそうなのに邪魔するなという……。

「どうせ次の店に移るなら、二手《ふたて》に分かれようじゃないか。そっちはそっちで仲良くイタリアンでも焼肉でも行ってくれ。俺は彼女とふたりで飲みたい」

八木は詩織を指差して言った。あまりにきっぱりと言いきったので、三人も唖然として言葉を返してこなかった。

マジか、と水崎の顔には書いてあった。

「ちょっと……。一瞬ごめんね」

腕を引かれ、トイレに引っ張りこまれた。

「おまえ、なに考えてんだ？　この二択は、どう考えても梨奈ちゃんだろ？　おまえに譲《ゆず》るつもりだぜ。最初から俺は、おいしいところをもってくつもりなんてないんだから……」

「俺は詩織さんがいいんだ」

「おいおい……」

水崎は力なく首を振った。

「たしかに美人だが、年上すぎるだろう？　その点、梨奈ちゃんなら……」

「女の好みに口を出されてもねえ」

「悪いこと言わないから梨奈ちゃんにしとけ。彼女はいい子だぞ。少し話しただけで、俺にはピンときた」

「だから梨奈ちゃんはおまえに任せたよ」

八木は水崎の肩をポンポンと叩《たた》くと、用も足さずにトイレを出ていった。

3

〈THE PUB〉の前で二手に分かれると、八木は詩織と肩を並べて夜道を歩きだした。ふたりとも、しばらくの間、口を開かなかった。

「すいませんでしたね……」

最初の角を曲がると、八木は苦笑まじりに言った。

「やつのペースで行動してると、即席合コンが始まっちゃいそうだったんでね。苦手でしよ、そういうの？」

「ええ、まあ……」

詩織の顔が思いきりこわばっていたので、

「あっ、誤解しないでくださいね」

八木は無理に笑顔をつくって言った。

「僕には下心なんてありませんから。ふたりで飲みにいくつもりもない。あなたが困ってそうだったから、脱出のお手伝いをしただけです。駅まで行ったら、解散しましょう」

決まったな、と思った。

水崎のごときチャラ男には死んでもわからないだろうが、ああいう雰囲気が心底《しんそこ》苦手な人間というのも世の中には存在するのだ。詩織は困っていたが、八木も困っていた。初対面の女のご機嫌《きげん》をとりながら酒を飲み、おまけに勘定まで払わされるくらいなら、フーゾクでも行ったほうが遥《はる》かにマシである。詩織と別れたら、その足で馴染《なじ》みの店に行ってやろうと、〈THE PUB〉にいたときから決めていた。

「解散、なんですか？」

詩織がポツリと言った。

「わたし……みんなの前でふたりで飲みたいって誘われて……けっこう嬉しかったのに……」

「……えっ？」

八木の心臓は、ドキンとひとつ跳《は》ねあがった。いまの台詞《せりふ》に、こちらへの好意が滲《にじ》んでいるような気がしたからである。

誘われて嬉しいと言ってるのだから、滲んでいるに決まっている。

こんなことは、滅多《めった》にないことだった。八木はいままでの人生で、異性から好意を示されたことが一度もない。好意の予感さえ感じたことがなかったから、舞いあがるなというほうが無理な相談だった。

あまつさえ、先ほどまで一緒にいたのが水崎である。悔しいけれど、見た目とスマートな物腰と女の扱いでは、あの男に勝てる気がしない。女が十人いれば、十人とも自分よりやつを選ぶと思うのだが……。

「あああ、あのう……飲みたいなら……まだ飲みたりないのであるならば、お付き合いする用意はありますよ……それはもう、当然……」

春の花畑を飛んでいる蝶々《ちょうちょう》のような気分で言うと、

「本当?」

詩織はやさしげに微笑《ほほえ》んだ。

「はっ、はいっ！　嘘《うそ》じゃありませんっ！」

「じゃあ……わたし、行きたいお店があるんですけど……」

「そこに行きましょう。お供させてください」

八木は自分で自分の豹変《ひょうへん》ぶりに驚きながら、笑顔でそう言い放っていた。

タクシーで移動したのは、看板も出ていない秘密めいた店だった。静まり返ったマンションの一室にあり、扉には鍵がかかっていて、店員のお眼鏡にかなわないと入店することができない。最近流行の、隠れ家的バーというやつだろう。この手の趣向《しゅこう》は珍しくもないが、中に通されて驚いた。

真っ白だった。

柔らかな照明が灯《とも》る中、白い布があちこちに張られ、それが客席を個室のように仕切っている。椅子《いす》やテーブルはなく、フラットなマットに靴を脱いであがり、飲み物は運ばれてきたまま盆《ぼん》に載せておく仕組みだ。おしゃれと言えばおしゃれ、ミステリアスと言えばミステリアスな、独特の空間だった。

「ずいぶん変わったお店ですね……」

八木は小声で言った。なんとなく、声をひそめたくなる雰囲気だった。個室を仕切っている白い布はティッシュのように透けていて、まわりの客席がぼんやり見えている。どこもかしこもカップルばかりである。

「よく来るんですか？」

「ううん初めて」

詩織は首を横に振った。

「ネットの記事で……おしゃれなお店だって書いてあったから……」

頬《ほお》を赤くしながら言ったので、八木は内心で「ははーん」と苦笑した。

ネットの記事には、デートに最適、とでも書いてあったのではないだろうか。ふたりの距離を縮めたいカップルにはおすすめ、ともあったかもしれない。

なにしろ座っているのはフラットなマットだから、男と女が愛情表現をするのに、テーブル席よりずっと自由度が高い。簡単に身を寄せあえるし、横になることだってできる。さあ横になりなさい、と言われているような気さえする。

実際、他のカップルは、例外なく身を寄せあっていた。息がかかるような距離に顔を近づけ、ひそひそと言葉を交《か》わし、時折《ときおり》、チュッとキスまで……。

そういうことはホテルでやれっ！

と八木は絶叫しそうになった。しかし、ホテルではなく、バーというのがミソなのだろう。白い布が透けているのもそうである。完全な密室でないからこそ、身を寄せあうのがスリリングというわけだ。

（えええっ……）

隣の席のカップルが、むさぼるようなキスを始めた。どう見ても絶賛不倫中としか思えない、若い女と五十がらみの禿《は》げ頭の組み合わせだったので、八木はあんぐりと口を開いてしまった。

「むうっ　むうっ！」

中年男は鼻息を荒げて女の舌を吸い、じゅるじゅると音までたてて唾液《だえき》を啜《すす》っている。見るからに冴えないおっさんなのに、女がうっとりした顔で舌を吸われているということは、そこに愛はあるらしい。口を離すと唾液がねっちょりと糸を引き、せっかくのおしゃれなバーの空間を、場末のラブホテル並みに猥雑《わいざつ》な雰囲気にしてしまう。

「あんっ……」

今度は逆隣の席だった。大学生らしきカップルがイチャイチャしていたのだが、あろうことか男の手が、女の胸をまさぐりはじめた。もちろん着衣の上からだが、巨乳と言っていいような豊満なふくらみを揉《も》みつぶすような勢いに、息を呑《の》まずにいられない。

チラリと詩織を見ると、真《ま》っ赤《か》になって顔を伏せていた。

「しっ、知らなかったんです……」

声を震わせて言った。

「まさか……こんな感じだとは……」

詩織が言う「こんな感じ」とは、まるでハプニングバーのような感じ、という意味だろう。

八木はハプニングバーに行ったことがないけれど、どういうところかは知っている。もっと薄暗くて、もっと危険な雰囲気なところに違いない。好奇心の赴《おもむ》くまま無垢《むく》なカップルが足を踏み入れたら最後、暗がりから変態性欲者が現われて、乱交だのエロコスだの緊縛《きんばく》だの、アブノーマルプレイを迫られるような……。

その点、この店なら、雰囲気はおしゃれだし、白い布で仕切られているから、他の客に話しかけられるようなことはない。身の安全を確保しながら、ハプニングバー的な見られる刺激を味わえるというわけだ。

「ああんっ！　そこはダメ……」

「いいじゃないか」

大学生らしきカップルが、横になってバタバタしている。身を寄せた男の手が、ミニスカートの中に侵入しようとしていた。いまにもディープなペッティングが始まりそうな生々しい臨場感に、こちらの腰まで浮きあがってしまう。

「あっ、あのう……」

八木は詩織に声をかけた。彼女があまりにもすまなそうな顔をしていたからだ。なるほど、店の選択に失敗したのは彼女だった。しかし、失敗なんて誰にでもあることだ。気の利《き》いたトークで、元気づけてやるぐらいのデリカシーは八木にだってある。

「僕はその……こういうところでエッチなこと始めちゃう人の気持ちも、わからないではないんですよねえ……というのも、実は僕にもちょっと人に見られたい願望がありまして……いえいえ、ハプバーなんか行きませんよ。行きたくても相手がいないし……オナクラって知ってます？　オナニークラブの略ですけど、男がオナニーしているのを女の子が見ているだけっていうシステムの店があるんですよ。女の子は脱がないし、ボディタッチもない代わりに、顔面偏差値が異様に高い子が揃《そろ》ってて、しかも料金が安いというフーゾク業界の良心、とでも言えばいいでしょうか……たまに行くんです。オナニーを見てもらいに……すっごい興奮しますね……十八、十九の若い女子に、蔑《さげす》んだ眼で見られながらシコシコしごくのは、たまりませんよ。文学的に言えば、マゾの愉悦《ゆえつ》というか、なんというか……」

チラリとこちらを見た詩織の眼には、オナクラの女の子とは比べものにならないほどの、リアルな軽蔑が浮かんでいた。

4

いったいどういうことなのかと、八木は泣きたい気分になった。

店の選択を間違えてすまなそうな顔をしている詩織をフォローするため、捨て身のエピソードトークを披露《ひろう》したというのに、返ってきたのが軽蔑のまなざしではシャレにならない。いまの話、笑っていいんですけど……とさえ言うことができないまま、今度は八木が真っ赤になってうつむく番だった。

もしかすると……。

実は詩織は、ここがこういう店だとわかっていて、入ったのかもしれない。知らなかったというのは方便《ほうべん》で、まわりのエッチな雰囲気に便乗《びんじょう》して、自分たちもハグをしたり、チュッチュ、チュッチュしたいという、そういうことなのだろうか。したいけれども、彼女は女だし、お堅いタイプに見えるし、ずっと年上だから、ウェイウェイのパリピとは違って、自分からキスをせがんだりできない。できないが、欲望そのものがないわけではない……。

なるほど。

そうであるなら、オナクラの話など見当《けんとう》はずれもいいところだったろう。甘い雰囲気をつくり、身を寄せあって、タイトスーツのスカートからチラリと見えている太腿《ふともも》を触ったりして、やがて見つめあってキス……そういう展開を望んでいたのなら……。

正直すまん、と八木は心の中で謝った。

そういう展開は、八木がもっとも苦手とするところなのである。

なにしろ、いい年をして素人童貞《しろうとどうてい》なのだ。セックスはお金を払ってしかしたことがない。甘い雰囲気をつくってキスをするなど、苦手どころかやったことがないのである。

どうしたものか考えあぐねていると、隣のカップルに異変が起こった。

大学生らしき若いカップルだ。女のほうが男にまたがり、

「んんんっ……」

と、くぐもった声をもらしている。服は着たままだけれど、あきらかにセックスをしようとしていた。対面座位でずぶずぶと男根を咥《くわ》えこみ、ひとつになろうと……いったい、なんという大胆さなのだろう。

「んんんっ……んんんっ……」

女が息をはずませながら腰を動かしはじめると、八木は思わず後退《あとずさ》った。背中に詩織の

背中が当たった。彼女は彼女で、後退ってきたようだった。逆隣の不倫カップルが、こちらも対面座位で盛《さか》りはじめたからだった。

(嘘だろ……)

八木と詩織は、背中合わせで押しくらまんじゅうをしているような状態になった。白い布が張られているとはいえ、本能を剝《む》きだしにした男女からは、見えない圧力が迫ってくる。はずむ吐息、もれるうめき声、さらには肉と肉とがこすれあう卑猥《ひわい》な音までかすかに聞こえてきて、ともすれば獣《けもの》じみたいやらしい匂いまで漂《ただよ》ってきそうだった。

出よう！　という言葉が、喉元まで迫《せ》りあがってくる。本当なら、もっと早くそうすべきだったのだ。両隣のカップルがキスをしはじめたあたりで店から飛びだしておけば、別の店で楽しく飲み直すこともできたかもしれない。

だが、もう無理だった。

対面座位で腰を振りあうふた組のカップルは、圧力を加えてくると同時に、磁力も発揮してきた。見てはならないものを見ている感覚はあるのに、眼が離せない。店を出ていきたくても、金縛《かなしば》りに遭《あ》ったように動けない。

詩織も同じ状況のようだった。淫《みだ》らな雰囲気に怒って店を出ていくのなら、彼女のほうがずっと得意そうなのに、立ちあがる気配もない。

「ああっ、いいっ！　気持ちいいーっ！」

「届くっ！　奥まで届いてるぅーっ！」

両隣の恥知らずな女たちが、競いあうようにして声を放ちだすと、八木の体は小刻みに震えだした。じっとしているのが耐えがたくなって、顔中から脂汗《あぶらあせ》が噴きだしてきた。

エッチなことがしたかった。

対面座位とまでは言わないが、いま背中をくっつけあっている女とハグしたり、体をまさぐったりしてみたい。

してもいいのではないだろうか？

彼女がここがこういう場所だと知って誘ってきたなら……。

「あのう……」

恐るおそる振り返り、詩織の顔を見た。

「ぎゅっとしていいですか？」

ハグのジェスチャーをすると、詩織ははじかれたように首を横に振った。長い黒髪が跳ねあがり、宙を舞うほど激しく。

「でも……僕たちだけなにもしないというのも……」

八木がおずおずと太腿に手を伸ばしていくと、届く前にパシンと叩かれた。

「いっ、痛いじゃないですか……こんなところに誘ってきたんだから、そのつもりだったんでしょう？」

「知らなかったって言ってるでしょう」

「またまたぁ……」

八木は皆まで言うなという顔で笑った。肩を組もうとしたが、その手も容赦《ようしゃ》なく払われた。

「わたし、そんなに安い女じゃないですから……」

「やめましょうよ、カマトトぶるのは。安いとか高いとか、屁理屈《へりくつ》言ってるような年でもないでしょう？」

「なんですって……」

嚙《か》みつかれそうな眼で睨まれ、八木は怖《お》じ気《け》づいた。

「いや、すいません。いまのは失言です。詩織さんは綺麗で魅力的です。高嶺《たかね》の花と言っても過言《かごん》ではありません。いや、ホントに、嘘じゃなくて」

詩織の表情が少しだけ和《やわ》らいだが、

「だから、ぎゅっとさせてください」

「いやです」

その件については、頑《かたく》なに首を横に振られる。

八木は困り果ててしまった。

これはいったいどういうことなのだろう……。

「ああっ、いやっ……イッちゃいそうっ……」

「もうイキそうっ……もうイッちゃうっ……」

両隣の女たちは、いまにもオルガスムスに達しそうになっていた。

なのに、詩織はハグすらもさせてくれない。意地悪をしているようには見えない。つまり、ここがハプバーもどきの破廉恥《はれんち》な店ということを本当に知らなくて、初対面の男とノリでハグすることもできないくらい真面目な女ということなのかもしれない。

しかし、どうにもそれだけではないような気がする。彼女にはなにか秘密がありそうだった。口にはできない、恥ずかしい秘密が……。

「あのう、耳を貸してもらっていいですか？」

八木が言うと、詩織は眉《まゆ》をひそめながらも耳を差しだしてきた。

「詩織さんって、もしかして処女？」

次の瞬間、スパーンッと小気味いい音が鳴り、両隣の女たちがあえぐのをやめた。

八木は、頬に喰らったビンタにもんどり打って倒れ、全身をピクピクと痙攣《けいれん》させた。頬を打つだけではなく、アッパーカット気味に顎までとらえて脳味噌を揺さぶる、痛烈な掌打《しょうだ》だった。ここが店内で、下にマットがあって助かった。外で喰らっていたら、アスファルトに頭をぶつけて失神し、無慈悲な酔っ払いに生ゴミと間違われて踏みにじられていたことだろう。

第二章　好奇心旺盛《おうせい》

1

水崎はマティーニを飲み、オリーブを齧《かじ》った。

ダークオレンジの照明が灯《とも》された薄暗い店内、棚で輝く琥珀《こはく》色の酒瓶《びん》、流れるメロウなジャズ、離れた席から漂《ただよ》ってくる煙草《たばこ》の煙さえ、まるでこの店のインテリアであるかのようにムーディである。

懐かしい光景だった。

水崎は半年前に結婚するまで、週に三、四回は会社帰りにバーに立ち寄っていた。男が一日の疲れを癒《い》やし、明日への活力を得る場所は、バーのカウンターを措《お》いて他にはないと確信していた。

「……ふうっ」

「どうしたんですか？　さっきから溜息ばかりついて……」

隣で梨奈が言った。

「いや……」

水崎は彼女を見ないまま答える。

「八木のやつ、大丈夫かなって……」

「あんまり遊び慣れてる人には見えなかったけど……」

梨奈はＴＰＯをわきまえた女だった。〈ＴＨＥ　ＰＵＢ〉にいたときより、ずっと落ち着いたトーンで話す。

「だから心配なんだ。詩織さんをきちんと楽しませているかどうか……」

「友達思いなんですね？」

「そんなんじゃないさ」

水崎は苦笑し、マティーニを口に運んだ。

「やつはああ見えて、かなり優秀な営業マンなんだ。俺らが扱ってるのは医療機器だから、営業相手のメインは医者でね。医者っていうのは、まあ、変わり者ばっかりなわけだ。死にそうな人間を生き返らせるような術をもってるわけだから、俺みたいな凡人から見たらそうなる。だが八木は……あの男はどういうわけか、医者の懐《ふところ》に入るのが抜群《ばつぐん》にうまい。俺がいくらゴルフに誘っても応じてくれなかった大病院の院長が、あるとき病院の中庭で、やつと一緒にオモチャのドローンを飛ばしていたときには腰が抜けそうになった」

「変人には変人の気持ちがよくわかる、ってこと？」

梨奈がクスクス笑う。

「まあ、そうかもしれないが……とにかく俺はあいつに恩を売っておきたいのさ。やつの弱点は女だからな。それをうまくまとめてやれば、俺に頭があがらなくなる。あいつが味方についてくれれば鬼に金棒《かなぼう》、出世コースに乗るのも夢じゃない……」

水崎は言いながら、本当にそうだろうか、と自問自答していた。

八木が優秀な営業マンであることは間違いない。しかし、女などあてがわなくても、やつはいつだって頼りになる相棒だった。人の足を引っ張るようなことは絶対にしない。裏切られたことも一度もない。見た目はいささか残念で、度《ど》し難《がた》いほど口が悪く、執念《しゅうねん》深さは呆《あき》れるほどで、社内中の女に蛇蝎《だかつ》のごとく嫌われているが、情に厚い――それが八木という男なのである。

ではなぜ、ナンパになど誘ったのか？

嫉妬《しっと》、というやつなのかもしれない。

まだ新婚という身でありながら、水崎は独身の八木が羨《うらや》ましくてしようがなかった。理由ははっきりしている。

家庭がうまくいっていないからだ。

致命的な喧嘩《けんか》をしたわけではなく、ただなんとなくしっくりいかないだけなのだが、たった半年で早くも結婚したことを後悔しはじめていた。

もちろん、一から十までうまくいっている家庭なんて、どこにもないのかもしれない。水崎がいま抱いている違和感など、時間が解決してくれるという意見もあろう。だが、たとえそうだとしても、自分ひとりでは受けとめきれないところにまで、追いつめられていることは事実だった。

八木ならどうするだろう?

ふと頭をよぎったのは、それだった。仕事で窮地《きゅうち》に立たされたとき、八木になりきって解決策を考えると、たいていの場合なんとかなった。それが癖《くせ》になっていたわけだが、今回ばかりはその手が使えない。八木は独身だった。それどころか、彼女いない歴三十年のフーゾクマニアなのだから、夫婦間のぎくしゃくなどまるで無関係で、想像したことさえないに違いない。

以前の水崎は、そんな八木を内心で笑っていた。恋愛のひとつもできないなんて、男としてどこかに欠陥があるのだろう――そんな感じで同情していたくらいなので、いくら仕事の上でリードされていても許せていたところがある。しかし、いまとなっては、性欲は金で解決するものと割りきっている八木の生き方がまぶしすぎる。それはそれでアリかもしれないとさえ思ってしまう。

許せなかった。

かくなるうえは、八木にも恋愛という禁断の果実の味を覚えさせ、所帯《しょたい》をもたせるしかないと思い、無理やりナンパに連れだしたのである。家庭という守るべきものができたとき、あの男がどんなふうに変貌《へんぼう》するのか知りたかった。

八木のような変人でも、惚《ほ》れた女には弱いのか？

意外にあっさり女房の尻に敷かれてしまうのか？

それとも……。

あの男にしか思いつかないようなアクロバティックなやり方で、結婚という「男の墓場」を天国にすることができるのか……。

「もう気づいていると思うが……」

水崎は梨奈を見て言った。

「俺はけっこう、場数を踏んでる。ヤリチンって意味じゃない。人生は出会いによってつくられると思ってるから、なるべくたくさんの出会いを求めていたわけだ……」

梨奈は横顔を向けたまま、軽い調子でうなずいている。

「そんな俺から見て、キミは百点満点だよ」

本当は九十八点だったが。失礼な話だけれど、ナンパした相手を採点してしまうのは、水崎のいつもの癖だった。

「ルックスがいいだけじゃなく、ハートもいいんだろうなと直感でわかった」

「あら嬉しい」

梨奈が笑う。横顔を向けたままなのは、褒《ほ》められることに慣れているからだろう。

「水崎さん、この店に来てからずっと黙ってたから、わたしといるのが退屈なのかと思っちゃった」

「そんなことはない。八木のことを考えていただけだ。正直に言えば、俺はキミのような子に、あいつとくっついてほしかった」

「……どういう意味？」

梨奈が顔を向け、眉《まゆ》をひそめる。

「キミは俺と同じ匂いがする。場数を踏んでるだろう？　八木は奥手《おくて》だから、キミのような子にリードしてもらえばいいと思ったのさ。キミほど素敵な子なら、やつが夢中になるのも間違いないしね」

「なんか……複雑な心境」

梨奈は溜息をひとつつき、ジンリッキーを飲み干した。バーテンダーを呼び、ナンバーテンをストレートで注文する。

「わたしはけっこう、八木さんと詩織さん、お似合いだと思うけど」

「彼女はどういう人なんだい？」

「悪い人じゃないですよ」

「本音で話そうぜ」

梨奈は大きな黒眼をくるりとまわしてから言った。

「見たまんま」

「つまり……美人でスタイルもいいけど……」

「男ひでりのままアラフォーになっちゃった、お局《つぼね》さま」

お互い一瞬の沈黙の後、眼を見合わせてプッと吹きだした。

2

一時間後――。

ふたりはラブホテルの部屋にいた。

バーを出て、駅の方角に向かって歩きだすと、ラブホテルの看板に出くわした。まだ、終電までは時間があった。誘わないのも失礼かと水崎は思い、断るのも野暮《やぼ》という感じで梨奈は誘いに乗ってきた。

阿吽《あうん》の呼吸というやつだろうか。初対面にもかかわらず、そういうところは不思議なくらい足並みが揃《そろ》っていた。

セックスをするためだけに提供されている密室でふたりきりになると、ピンクのニットにレモン色のミニスカートという梨奈の装《よそお》いが、子供っぽすぎて似合っていないような気がした。

それほど色っぽい表情になったということである。

こんな出会いでなかったなら、もっと大人っぽい装いの彼女とホテルに来たかった。たとえば、夜より深い黒のワンピース。あるいは、燃えるようなワインレッドのミニドレス……。

「ビールでも飲みますか？」

冷蔵庫に向かおうとした梨奈の手を取り、抱き寄せた。至近距離で、眼と眼が合った。ラブホテルに入ってビールなんて飲んだら、あらためてセックスを始める空気をつくるのが大変だ。入った瞬間、始めるのが正解である。

「……ぅんんっ！」

唇《くちびる》を重ねると、梨奈はゆっくりと瞼《まぶた》をおろした。

水崎の心の中でも、シャッターのようなものがおりていく感覚があった。これは正真正銘、結婚してから初めての浮気——罪悪感に胸が痛んだが、その一方で、開き直るような感覚もあった。浮気でもしてみれば、悪い意味で煮詰まってしまった夫婦関係を打破する方法が見つかるかもしれない、と。

「ぅんんっ……ぅんんっ……」

舌先で梨奈の唇をなぞり、口を開けさせた。舌を差しこむと、彼女のほうから舌をからめてきた。

キスのうまい女だった。テクニックの問題ではない。魅惑《みわく》的なキスの条件は、感情が伝わるかどうかに尽きる。梨奈からはきちんと伝わってきた。戸惑いと、それを凌駕《りょうが》する期待感が……。

水崎もまた、キスで感情を伝えようとした。キミは可愛《かわい》い。キミのような素敵な女を抱けるなんて、胸が高鳴ってしかたがない……。

のめりこんではいけなかった。

梨奈は本当に可愛いし、性格も良さそうだったが、週末に〈THE PUB〉でナンパ待ちをしている女である。マイナス二点はそのせいだ。要するに、男と遊ぶことが好きなのだ。今日という日のクライマックスにセックスをすることくらい、彼女にとってはなんでもないことのはずだった。水崎がナンパで出会った女たちはたいていそうで、いい意味でさばけていた。ならば、そのように扱ってやればいい。いつものことなのだから、難しく考えることはない。

とはいえ……。

ナンパした女とこういう展開になると、いつも乗りきれない自分がいる。九割方性的興奮にとらわれていても、一割はしらけている。いま腕の中にいる女が誰とでも寝る女なのだと思うと、手放しで舞いあがることができない。

水崎は昔からナンパに命を懸けているタイプではなかった。ナンパデビューしたのは社会人になってからだ。学生時代は、ナンパだパーティだと言っているイベントサークルの連中を心の底から馬鹿にしていた。しかし、社会人になって、やらなければならない局面が訪れた。十人いる同期のうちで、水崎は初年度、営業成績がビリだった。会話が圧倒的に下手《へた》であることを思い知らされ、それを磨くための苦肉《くにく》の策として、ナンパに手を出したのである。

結果は上々だった。異性に好感をもたれる振る舞いは、そのまま営業先にも通用した。向こうが求めていることを、先まわりしてキャッチすることが習慣になった。相手が変わり者の医者になるとまた話は違ってくるのだが、事務方の人間が相手なら、同期の人間に引けをとらないくらいのコミュニケーションスキルが身についた。

ワンナイトスタンドは、あくまでその副産物だった。

水崎は禁欲的な人間ではないので、ありがたく頂戴《ちょうだい》した。セックスというニンジンが鼻先にぶら下がっているから、トークを磨く努力にも本腰を入れることができたと言ってもいい。

「……あっちへ行こうか」

水崎はキスを中断し、梨奈の手を引いてベッドに向かった。あお向けに押し倒すと、栗色の髪がきれいにひろがった。肩を並べて飲んでいるときはあまり存在感を示していなかった胸のふくらみだが、あお向けになると丸々とした形のよさを誇示《こじ》してきた。

不意に、梨奈から漂ってくる女の匂いが強まった気がした。表向き百点、実は九十八点――なかなか叩きだせない高得点だ。少なくとも、容姿はストライクゾーンど真ん中である。八木に譲らなくてよかったと、ズボンの中で硬く勃起したイチモツを意識しながら思った。

しかし――。

彼女にまたがってピンク色のニットをめくりあげようとすると、

「待ってください」

梨奈はその腕をつかんで制してきた。

「どう思われてるのか知りませんけど……わたし、そんなに軽い女じゃないんですけど……」

水崎は首をかしげた。梨奈にまたがったまま、まじまじと彼女の表情をうかがった。

「わたしのこと、どう思ってます？」

「好奇心旺盛《おうせい》で、セックスを楽しみたいタイプ」

梨奈は言葉を返さず、挑むように睨んできた。

「違うのかい？」

「エッチは嫌いじゃないですけど、やりまんじゃないんです。会ったばかりの男の人に、告白もされないまま抱かれるのはいや」

水崎は鼻白んだ。

「ややこしい女だな。じゃあなぜ、ここまでついてきた」

「好奇心旺盛だからです」

梨奈は笑った。必死に虚勢《きょせい》を張っているような、ひきつった笑顔だった。

「水崎さんみたいなプレイボーイって、どうやって女をベッドに誘うのか、知りたかった……」

「そういう発想は嫌いじゃない。でも、ただ知るだけってことはできない。誘い方を知りたいなら、最後まで付き合うのがマナーだと思うけど」

「それは……そうかもしれません……」

梨奈は気まずげに眼を泳がせた。

「正直に言いますけど……ここに入るときは、抱かれてもいいって思ってました」

「やりまんじゃないんだろ?」

「やりまんじゃありません。初対面の人に、そんなこと思ったの初めてですから」

「本当かな?」

水崎は苦笑した。

「俺はべつに、経験人数が多い女を軽蔑してないぜ。セックスは楽しいものだ。楽しい経験をたくさん積んで、蔑《さげす》まれるほうがおかしいと思う」

本当は、心の中でやりまんを蔑んでいた。頭に血が昇っていたので、そう言った。このままの流れで、梨奈を抱きたかった。

「でも、わたしはやりまんじゃありません。セックスは好きですけど、相手を選ぶんです」

梨奈の態度が頑《かたく》なだったので、

「……ふうっ」

水崎は溜息をひとつついて、彼女の上からおりた。冷蔵庫まで行って缶ビールを取りだし、プルタブをあげて飲んだ。梨奈には渡さなかった。わたしも飲みたい、と彼女が言わなかったからだ。

「どうして気が変わった?」

缶ビールを半分ほど飲み干してから、水崎は訊《たず》ねた。

「ホテルに入るときは、抱かれてもいいと思ったんだろう?」

梨奈は答えず、髪を直しながら起きあがり、冷蔵庫から缶ビールを出してプルタブをあげた。勢いよく喉《のど》に流しこみ、挑むような眼を向けてきた。可愛い顔に似合わず、鼻っ柱《ばしら》は強そうだ。

「気が変わったのは……キスが素敵だったから」

梨奈はビールで濡れた唇を、指先で拭《ぬぐ》った。

「こんな素敵なキスをする人に抱かれたら、わたしメロメロになっちゃうだろうなって思ったから……メロメロにされた挙《あ》げ句《く》、簡単に捨てられたら、わたしボロボロじゃないですか？　そこまで未来が読めちゃいました」

水崎は苦笑した。

「キミは予知能力でもあるのかい？」

「予知能力なんてなくても、それくらいわかりますよ。だって、わたしとはこれっきりにしようと思ってるでしょ？」

笑っていられなくなった。たしかに、二度と会うつもりはなかった。彼女には言っていないが、こちらには妻がいる。スマートな浮気ならまだしも、ドロドロの不倫劇を演じるつもりはない。

梨奈はホテルに備えつけられたメモ帳になにか書きつけ、渡してきた。ラインのＩＤが記されていた。

「わたしを抱きたいなら、いつでもウェルカムですから。でも、遊びじゃいやです。きちんと手順を踏んでください」

そう言い残し、乱れた服を直してホテルの部屋から出ていった。

3

ふて腐れた気分で帰宅した。

水崎が住んでいるのは、郊外にある分譲マンションだ。いずれ子供が生まれたときのためにと、広めの物件を探したおかげで、会社のある都心からはずいぶん遠くなった。三倍になった通勤時間にも、夜になると駅前が怖いくらいに静まり返ることにも、いつまで経《た》っても慣れなかった。たとえ狭くて家賃が高くても、都会のワンルームマンションが恋しい。

「おかえりなさい」

玄関で出迎えてくれた涼子《りょうこ》の顔を見るなり、水崎は軽く緊張した。

「お食事は？」

「食べてきた……」

「じゃあ、お風呂？」

「ああ……」

いったいなにを緊張しているのか自分でもよくわからないまま、逃げるようにバスルームに向かう。

涼子はひとつ年上で、上司の紹介で知りあった。塾講師をしている真面目《まじめ》な女性というだけで興味をそそられたが、写真を見せられて腰が抜けそうになった。ハーフのように彫《ほ》りが深い、モデルのような美人だった。背が高く、スタイルも抜群で、すらりとしているのに、出るべきところはしっかり出て、引っこむべきところはしっかりと引っこんでいた。

紹介された当時、ひとつ年上の彼女は三十歳の誕生日まで三カ月という状況で、このままでは二十代のうちにお嫁《よめ》にいけないと焦っていた。彼女は是《ぜ》が非《ひ》でも、二十代のうちにウエディングドレスを着たいという希望をもっていた。

水崎にとって、彼女は理想の花嫁候補だった。二十代の大半をナンパとそこで知りあった女との恋愛に費《つい》やしておきながら、その手の女と結婚する気はまったくなかった。ひどい男と後ろ指を差されようが、ナンパに引っかかる女と所帯をもつなんてまっぴらごめんであり、結婚するなら尻の軽くない、真面目なタイプ以外に考えられなかった。

お互いの気持ちがそんなふうに一致していれば、ゴールインまではあっという間だった。二十代のうちに結婚したいという彼女の夢を叶えるため、付き合いはじめてすぐにプロポーズした。向こうの実家への挨拶《あいさつ》、結納《ゆいのう》、挙式と、儀式をこなしていくほどに、大人の階段を昇っている実感があった。純白のウエディングドレスに身《み》を包んだ涼子は、身最屓《びいき》ではなく感涙を誘うほど麗《うるわ》しかった。こんな女を娶《めと》れるなんて、自分は世界一の幸せ者だと大げさではなく思った。

しかし……。

結婚にまつわるイベントが一段落《いちだんらく》し、日常生活が始まると、違和感ばかりを覚えるようになった。料理の味つけやインテリアの好みの違い——最初はささいなことだった。よく会話が途切れ、しらけた空気が流れるのも、まだ付き合いが短いせいで、慣れれば大丈夫だろうと楽観していた。

ところが、半年経ったいまでも違和感は拭い去れず、むしろ悪化しているような気さえする。どちらが悪いわけでもない。相性が合わなかったのだ。

そのことを身につまされる最大のシチュエーションが、セックスである。

まるで盛りあがらない。

会話と同じで、最初のうちは緊張しているものだから、そのうち慣れるだろうと思った。また、水崎はベッドテクに自信もあった。同世代の中では場数を踏んでいるほうだと思っていたので、自分の力でなんとかできると……。

ダメだった。

なにを試してもこちらが期待する反応が返ってこないのが、涼子という女だった。そもそもフェラは苦手とか、クンニは恥ずかしいとか、NGが多いうえ、なんと言うか、セックスを楽しもうという意志がまるで感じられないのである。

結果、新婚半年にしてほとんどセックスレスという、絶望的な状況に陥《おちい》ってしまった。

もしかすると、涼子はセックスなどしなくてもいいのかもしれない。

しかし、それではこちらが困るのだ。水崎は人並み以上に性欲があるし、セックスは男女にとって最重要なコミュニケーションではないか。

水崎は、涼子と結婚してつくづく思い知らされた。

自分という人間は、愛しあっているという実感をセックスで確認したいタイプだったのだ。ただ欲望を吐きだすという意味だけではなく、快楽や恍惚《こうこつ》をふたりでしっかり分かちあいたい。夫婦という共同体のベースは、セックスを措いて他にはないとさえ思っているのに、一方の涼子はセックスのプライオリティがあまりにも低すぎた。すべての違和感の原因はそこにあるはずなのに、気づこうともせずに日々をやり過ごしている……。

風呂から出て洗面所で髪を乾かしているうちに、リビングは暗くなっていた。すでに午前零時《れい》を過ぎているから、涼子はベッドに入ったらしい。彼女は水崎より朝が早い。にもかかわらず、食事と風呂を用意して、終電間近に帰宅した夫を待っていてくれたのだから、できた女房なのかもしれない。

水崎の胸にこみあげてきたのは、けれども感謝の気持ちではなく、鬱陶《うっとう》しい緊張感だった。

よせばいいのに、ダブルベッドにふたりで寝ているのだ。それだけは絶対にやめたほうがいいと既婚の先輩にアドバイスされたが、結婚に夢も希望も抱いていた時期だったので、うっかり買ってしまった。

いまとなっては忌《い》まわしいばかりだ。同じ布団《ふとん》の中に彼女が一緒にいると、いくら疲れていても簡単に眠りにつけない。こんな生活を続けているといつか体を壊してしまうと怯《おび》えながら、毎日就寝時間を迎えている。

物音をたてないように注意して、寝室のドアを開けた。

せめて先に眠っていてほしいと思った。ふたりはいつも、枕元の電気スタンドの豆球をつけっぱなしにして寝ている。ほのかなオレンジ色の灯《あか》りに照らされた涼子の顔が見えた。眼をつぶっていたが、寝息はたてていない。

がっかりだった。

水崎は身をこわばらせながら、布団をめくって中に入っていく。

涼子がもぞもぞ動いた。

いままで彼女に、セックスレスを咎《とが》められたことはない。それだけが救いだったが、もぞもぞ動くのはやめてほしい。緊張感がよけいに高まり、頭が冴えてしまう。そうでなくても今日は、嫌なことがあった。浮気をして憂《う》さを晴らそうとした相手に、したたかにフラれた。今夜ばかりは、なにも考えず泥のように眠りたい。

「ねえ……」

驚くべきことに、涼子が声をかけてきた。

「ちょっといいかしら……」

「なっ、なんだよっ！」

水崎はガバッと体を起こした。布団がめくれ、涼子の上半身が露《あら》わになる。彼女はいつも、シルク製の白いパジャマ姿でベッドに入る。しかし、今夜に限って、それを着ていなかった。

黒いキャミソールを着ていた。しかも、透ける素材をふんだんに使い、白く豊かな胸のふくらみと、先端の赤い乳首が透けている、ひと目でエロティックとわかる代物だ。

なんだこれは……。

水崎は二の句が継げなくなり、金縛《かなしば》りに遭《あ》ったように固まってしまった。

「わたし、反省したの……なんて言うか……いままであまりにも、色気がなかったのかなって……」

涼子は言いながら体を起こし、ベッドの上に正座した。

水崎は息を呑《の》んで眼を見開いた。

いつもと違うのは、黒いキャミソールだけではなかった。同色のガーターベルトをして、セパレート式のストッキングを穿《は》いていた。おまけに、股間に食いこんだ黒いハイレグショーツもスケスケで、恥毛が見えている。

それなりに女性経験が豊富な水崎でも、そんな格好をした女なんて雑誌のグラビアでしか見たことがなかった。

やりすぎである。

彼女は彼女なりにいまの現状を憂《うれ》い、その解決策としてセクシーなランジェリーを買い求め、着けてみた……健気《けなげ》と言えば健気だけれど、なにかがズレている。もしかすると、女性の悩み相談を扱うサイトにでも、そんなことが書いてあったのだろうか。ダンナをその気にさせるには、とびきりエッチな下着で誘惑すればいいと……。

もちろん、間違っている。水崎は引いていた。完全にドン引きしていたけれど、それを顔に出せば、涼子を傷つけてしまうだろう。口に出したら、落ちこませてしまうに決まっている。

頑張れ俺……。

必死に自分を奮《ふる》い立たせ、涼子を抱き寄せた。息のかかる距離まで顔が近づくと、涼子はそっと瞼をおろした。眼を閉じてなお麗しい本物の美形だったが、愛情のようなものはこみあげてこなかった。やりすぎな格好と相俟《あいま》って、雑誌のグラビアにでも入りこんでしまった気分である。

彼女にも性欲があるのだろうか？　なにをしても反応を拒《こば》むのに……。あるいは性欲ではなく、新婚半年でセックスレスという事態に女のプライドが傷ついているのか？

「……ぅんんっ！」

唇を重ねた。セックスレスを解消しようと努力してくれたことに対し、感謝のキスをしたつもりだった。キスそのものは軽くソフトなものでよかったのに、一度唇を重ねてしまうと自然と深まっていき、気がつけば舌をからみあわせてしまっていた。

水崎には負い目があった。ほんの数時間前、浮気をしようとした。未遂に終わってしまったけれど、キスはした。その罪滅ぼしのつもりでやさしく舌を吸い、撫《な》でてやる。

「ぅんんっ……ぅんんっ……」

かなり情熱的なキスをしても、涼子からの反応はない。きつく眼を閉じたまま、なすがままに舌を吸われているばかりだ。

まるでマネキンとキスをしているみたいだった。

先ほどの女——梨奈とはまるで違う。彼女はキスをすると、マッチを擦《す》ったように火がついた。

素敵なキスだったと褒めてもらったけれど、たしかにあのキスには情熱がこもっていた。

いやらしさを競いあうように舌を動かしあい、魂《たましい》を行き来させるように唾液と唾液を交換した。彼女の感情の変化が、生々しく伝わってきた。戸惑いから欲情へ、欲情しすぎている自分にさらに戸惑いながら、けれども熱く昂《たか》ぶっていくのをどうすることもできない——。

4

涼子を押し倒し、愛撫を始めてしまったのは、彼女のせいではなかった。

水崎の中に、熾火《おきび》のようにくすぶっているものがあった。ラブホテルにまで行っておきながら女に逃げられた痛恨が、体の内側をざわつかせていた。

相手がマグロであろうがマネキンであろうが、衝動的にこみあげてくるものを処理してしまいたくなった。悪いことではないはずだった。涼子にしても、それを望んでいるのだから……。

黒いシースルーのキャミソールに飾られた涼子の体は、電気スタンドのほのかな灯りを浴びて妖《あや》しく輝いていた。スタイルは抜群の女だった。全体はすらりとスリムなくせに、ふたつの胸のふくらみは果実のように丸々と実って、男を奮い立たせる存在感がある。

初めて彼女の裸と対面したときの感動は、いまでも忘れることができない。世の中に、これほど美しく完璧な乳房があるのだろうかと思った。裾野にたっぷりと量感があり、けれども垂れることはなく、むしろツンと上を向いた生意気な形をして、あお向けになっても形崩れすることがない。肌は新雪のようにまぶしく輝き、触れば白磁《はくじ》のごときなめらかさがあり、乳首は南国に咲く花のように赤々と色づいていた。

その完璧な乳房がいま、黒いスケスケのナイロンとレースに覆《おお》われている。白い乳房も赤い乳首も、ひときわ妖しく扇情的になり、むしゃぶりつかずにはいられない。

「んんんっ……」

キャミソールの上から鷲《わし》づかみにすると、涼子の顔が歪《ゆが》んだ。我慢せずに声を出せばいい、といつも思うし、実際に言ったこともある。しかし、彼女はそれを実行しない。こちらがいくら感じさせようと頑張っても、歯を食いしばって声をこらえる。

だが、今日ばかりはそんなことはどうでもよかった。彼女を感じさせるのではなく、自分の欲望を吐きだしたいだけだったからだ。

水崎は涼子の上にまたがると、キャミソールをめくりあげて生身の双乳を露わにした。両手を使って揉みくちゃにしては、左右の乳首をかわるがわる口に含んで吸いたてた。

「んんんっ！　んんんんーっ！」

歓喜の声はこらえても、先端はしっかり硬くなっていく。赤い乳首がツンツンに尖《とが》りきって、完璧な乳房が、またひとつ卑猥《ひわい》さをまとって悩殺してくる。

水崎は涼子の上からおりて、横から身を寄せる体勢になった。左手を肩にまわし、さらに乳房まで届かせつつ、右手を下肢《かし》に這《は》わせていく。女らしくくびれた腰に、黒いレースのガーターベルトが巻かれている。そこからストラップで吊っているのは、黒いナイロンのセパレート式ストッキング。

ショーツをストラップの上から穿いているのは、それだけを脱がすことができるようにだろう。まったく、どこで覚えたマナーなのか、感心を通り越して空恐《そら》ろしくなってくる。

けれども、その一方で水崎は興奮もしっかり維持していて、右手を淫《みだ》らなタッチで這いまわらせる。レースのざらつき、極薄のナイロンのなめらかさ、そしてセパレート式のストッキングからはみ出した太腿《ふともも》のもっちりした感触――それらを存分に味わいながら、涼子の両脚をひろげていく。黒いハイレグショーツが食いこんだ股間を、無防備な状態へといざなう。

こんもりと盛りあがったヴィーナスの丘に触れると、

「んんんーっ！」

涼子はひときわきつく顔を歪め、ぎゅっと眼をつぶった。歪んでいるだけではなく、紅《こう》潮《ちょう》していた。ただしそれは、欲情の証左《しょうさ》というより、羞《は》じらいからくる赤面のようだった。

三十歳の人妻が、夫に抱かれているのに赤面――やれやれと水崎は胸底で溜息をつきながら、指を動かした。土手高の恥丘を撫でまわしながら、じわじわ下へと進んでいく。指がクリトリスの上を通過すると、ビクンと腰が跳《は》ねた。割れ目を覆っている股布は、じんわりと湿っていた。乳首が勃《た》つのも含めて、これらは単なる生理現象なのか。

違うはずだった。

涼子の体は充分に成熟している。性行為を拒むトラブルを抱えているわけでもない。なのにどういうわけか、反応だけは鈍《にぶ》いのだ。

おそらく、心理的な原因があるのだろう。

水崎はずいぶん前からそれに気づいていたし、克服できるよう努力を重ねてきたつもりだった。

しかし、いまはもう、そういうことを考えることすら面倒くさい。べつにマグロでもマネキンでもいい。とにかく、欲望を吐きだしてしまいたい。曲がりなりにも性器を繋げて射精をすれば、涼子だって満足するだろう。勇気を振り絞ってエッチな下着を着けてよかったと、ひとりほくそ笑むに違いない。

なんだか泣けてくる。

これが夫婦生活なのだろうか？

肌と肌をいくら密着させていても、こんなにも心が離れている……。

「んんんーっ！」

涼子が激しく身をよじったのは、水崎の指がクリトリスの上でくるくると円を描きはじめたからだった。下着越しでも、さすがに感じるのだろう。なのに涼子は声を出さない。必死の形相《ぎょうそう》で歯を食いしばり、身をよじることさえこらえようとする。

水崎はムキになってクリトリスを刺激しつづけた。もちろん、乱暴なことはしなかった。触るか触らないかのフェザータッチで、くすぐるように愛撫してやる。敏感な性感帯には、強い刺激より、弱い刺激のほうが効果的なのだ。

その証拠に、いくら声をこらえて体を動かさなくても、股布は湿り気を増していく一方だった。ショーツの色が黒でなければ、はっきりとシミが見てとれるほど蜜を漏らし、獣《けもの》じみた匂いさえむんむんとたちこめてきている。

彼女は発情している。

なのにどうして、よがるのを我慢するのか。

そのうち、水崎のほうが我慢できなくなってしまった。

ブリーフを脱ぎ捨てて勃起しきった男根を露わにすると、涼子は大きく息を呑んだ。

水崎は彼女の下肢からも、ショーツを奪いとった。羞じらい深い涼子は、優美な小判形をした黒い草むらを両手で隠した。水崎はかまわず彼女の両脚の間に腰をすべりこませ、挿入の準備を整えた。

釣りあげられたばかりの魚のようにビクビクと跳ねている男根を支え持ち、亀頭で女の割れ目をなぞって穴の位置を探る。直接愛撫をしていないのに、驚くほどよく濡れていた。ヌルッ、ヌルッ、とすべる感触が水崎を奮い立たせ、涼子の顔をこわばらせる。

「いくぞ……」

水崎は上体を起こしたまま、腰を前に送りだした。濡れた花びらを巻きこんで、亀頭を割れ目にずぶりと埋めこむ。涼子の顔がますます歪んでいくのをチラリと見てから、さらに奥へと進んでいく。

太く硬く膨張した肉棒がずぶずぶと侵入してくる衝撃に、涼子は両手で頭の下の枕をつかんだ。歯を食いしばって声をこらえつつも、総身がのけぞっていく。乳房を突きだし、腰を反らせて、男の器官を迎え入れる。

「むううっ！」

水崎は息を呑んだまま、一気に根元まで埋めこんだ。上体を起こしたままだったのは、両脚をM字にひろげた涼子の姿をつぶさに眺めるためだった。めくりあげられたキャミソール、腰に巻かれたガーターベルト、そこからストラップで吊られているセパレート式の黒いストッキング——すべてがいやらしい。見た目が美人なだけに、これ以上なく悩殺的だ。

「むううっ！　むううっ！」

鼻息を荒げて、腰を使いはじめた。涼子の中は奥まで濡れていたので、遠慮する必要はなかった。いきなり女体が浮きあがるほど激しく突きあげた。

「んんんーっ！　んんんんーっ！」

いくら声をこらえていても、涼子は鼻奥で悶《もだ》え、ハアハアと息をはずませる。声をこらえているせいか、首から上が真っ赤に紅潮している。それはそれで興奮させられるので、水崎は涼子の顔を凝視《ぎょうし》しながら腰を振りたてた。ぬんちゃっ、ぬんちゃっ、と粘りつくような音をたてて、男根を抜き差しした。

早く射精してしまいたかった。

しかし、男根は限界まで硬くなっているのに、予兆がまるで訪れてくれない。気持ちがよくないわけではない。ガーターベルトとセパレート式のストッキングに、充分興奮させられてもいる。ナイロンの感触もいやらしい両膝《ひざ》をつかんで、一心不乱にピストン運動を続ける。忘我《ぼうが》の境地に入っているはずなのに、なにかが足りない。射精の引き金になるための、なにかがひとつ……。

水崎はピッチをあげ、怒濤《どとう》の連打を送りこんだ。

余計なことを考えている場合ではなかった。考えれば気が散って、射精がさらに遠ざかるだけだ。

だが、ムキになって腰を振りたてたので、みるみるスタミナを消耗していった。息があがり、男根にも力が入らなくなっていく。嫌な予感が脳裏《のうり》をかすめる。

このままでは、最後まで到達できないかもしれなかった。

この先にあるのは……。

男も女も地獄に堕とす、恐怖の中折れ……。

震えあがった水崎の眼に、汗が流れこんできた。

指で拭うのももどかしく、眼をつぶった。

瞼の裏に女の顔が映った。

涼子ではなかった。

美人ではなく可愛いタイプで、そのくせとびきりエッチそうな若い女。ラブホテルの部屋までついてきてベッドインを拒む、面倒くさい性格の……。

梨奈だった。

彼女とまぐわっているイメージが、瞼の裏にくっきりと浮かびあがってきた。抱いたこともないのに、あまりにも生々しく想像できた。梨奈は蕩《とろ》けるような顔で、男根の抜き差しを受けていた。眉根を寄せ、小鼻を赤くし、半開きにした唇からハアハアとはずんだ息をもらして、どこまでもエロティックにあえいでいた。

もちろん、歯を食いしばって声をこらえることもない。

「ああっ、いいっ！　気持ちいいーっ！」

聞こえるはずのない声が耳に届き、水崎はあわてて上体を涼子に被せた。女体をしっかりと抱きしめ、きつく眼を閉じたまま、取り憑《つ》かれたように腰を振りたてた。

自分はいま、涼子ではなく、梨奈を抱いている――。

そう思いこんでみると、男根に力がみなぎった。芯から硬さを取り戻し、男らしく女陰をずぼずぼと貫《つらぬ》くことができた。

「ああっ、いいっ！　突いてっ！　もっと突いてええええーっ！」

幻聴による梨奈の声に煽《あお》られて、水崎は熱狂した。スタミナ切れもなんのその、怒濤の連打を打ちこんでいく。

「おおおっ、出るっ……もう出るっ……出るううっ……うおおおおーっ！」

雄叫《おたけ》びをあげて、男の精を解き放った。会心《かいしん》の射精だった。間違いなく、三十年間生きてきて一、二を争うような大爆発だった。水崎は全身を震わせながら、煮えたぎるような欲望のエキスを、最後の一滴まで涼子の中に注ぎこんでいった。

第三章　密室にて

1

八木の足取りは重かった。

牛歩《ぎゅうほ》戦術さながらの歩速でのろのろと進んでいくと、やたらと人にぶつかられた。金曜日、銀座、十八時。コドリー街を行き交《か》う人々の足取りは軽やかで、八木とはまるで対照的だった。デートの待ち合わせに急いだり、これから訪れる出会いに胸を躍《おど》らせたりしているからに違いない。けっこうな話だった。みなの幸運を祈るから、そのかわり我が身にも幸運が舞いおりてほしい。

一週間ぶりに訪れた〈ＴＨＥ　ＰＵＢ〉は、前回同様、満員電車並みに混雑していた。

とはいえ、目当ての人物はすぐに見つかった。

パリピがウェイウェイ浮かれている中で、詩織はひとりネガティブなオーラを放っていた。今日はお堅いタイトスーツではなく、白いニットにペパーミントグリーンの巻きスカートという女らしい格好をしていたが、腕を組んで口をへの字に曲げている。「わたしはいま、怒っています」と言っているようなものだから、いくら眼を惹《ひ》く美人でも、声をかけようとする男はいない。

「あっ、どうも……」

八木はおずおずと近づいていき、頭をさげた。

「今日はその……わざわざありがとうございます……」

詩織は返事をしてくれなかった。彼女は実際、怒っていた。嫌われてしまった、と言ってもいい。先週、この店で出会い、隠れ家的なバーに行った。雰囲気はおしゃれでも、ハプニングバーさながらのおかしな店だった。まわりの雰囲気に釣られて押し倒そうとしたところ、したたかにビンタされた。

それでも八木は、詩織のことが諦めきれなかった。自分のような男にほんの少しでも好意を示してくれた異性は、彼女が初めてだったからだ。ラインのメッセージでお詫びした。一日に三十回以上。あまりのしつこさに辟易《へきえき》されていることはわかっていたが、へこたれるわけにはいかなかった。

——お願いします。もう一度だけチャンスをください。それがダメなら、せめて会ってお詫びだけでも……そうしないと気が収まりません。

——あなたの気が収まるとか収まらないとか、そんなこと、わたしには関係ないでしょ？　いい加減、諦めてください。

もちろん諦めなかったので、最終的に、詩織は会ってくれることになった。ありがたい話だった。そして、このチャンスを逃したくなかった。この前は、本当にドキドキした。ただ一緒にいるだけで、フーゾクで遊ぶのとはまるで違う種類の興奮が味わえた。

おそらく、これが恋なのだろう。

ナンパという安い出会いで始まったけれど、きっとこれは運命に違いないと、八木はこの一週間、食事もろくに喉《のど》を通らなかった。

「まったく……」

詩織が吐き捨てるように言った。

「よりによって、どうしてこんな混んでいるお店で待ち合わせなのよ。もっと気が利《き》いたところを知らないわけ？」

「すっ、すいません……」

八木は米つきバッタのように頭をさげた。

「ここなら駅も近いし、絶対に間違わないと思いまして……」

本当は、ふたりが出会った思い出の店だから、ここで待ち合わせをしたかったのだ。ここからすべてをやり直したかった。

「あの、これ、この間のお詫びの印に……」

用意してきた紙袋を差しだした。

「なに？」

詩織は受けとらず、眉《まゆ》をひそめた。

「切腹最中《せっぷくもなか》です」

「はあ？」

「僕の最強の営業ツールです。仕事で不手際があったとき、これを持っていって『詰め腹を切ってまいりました』って言うと、たいてい笑って許してもらえるという……」

アハハと八木は笑ったが、詩織はますます表情を険《けわ》しくした。差しだしている切腹最中の紙袋を、受けとってくれる気配もない。

どうやら、この手のシャレは通じないようだった。だが、八木にしても、それは半ば見当《けんとう》がついていた。ビジネスシーンにおいても、謝罪に挑むには、二段構え、三段構えの用意が必要だった。他の手を準備していないわけではない。

「お店、変えましょうか？」

「そうね。それが賢明だと思う」

ツンと澄ました顔で言い放った詩織とともに、八木は〈THE PUB〉を出た。会話もないまま、次の店に移動する。目星《めぼし》はついている。徒歩一分のところにある、カラオケボックスだ。

「……なんなの？」

詩織の表情は険しいを通り越し、頬《ほお》がピクピクと痙攣《けいれん》しはじめた。

「まさか歌を歌おうっていうんじゃないでしょうね？　ふたりきりで」

「いやいや、まさか」

「じゃあ、なんでカラオケボックスなんかに？」

「とにかく入りましょう。ね、そんなに怒った顔をしないで」

八木は懸命になだめて、店に入った。詩織は怒り心頭《しんとう》に発しているようで、いまにも頭から湯気でもたちそうだった。店員に案内されて個室に入り、飲み物をオーダーしてそれが届くまで、まったく口を開かなかった。

窓からコートニー街が見えた。〈THE PUB〉だけではなく、最近はスタンディングの店が人気らしく、店の軒先で立ったままビールを飲んでいる男女の姿が眼につく。人目も憚《はばか》らずキスまでしている不届きなカップルまでいる。行き交う人たちは気にもとめていないようだったが、八木は見ていた。歯軋りしながら……。

歌を歌うためにカラオケボックスに入ったわけではなかった。自慢の喉を披露《ひろう》するのはやぶさかではないが、この状況では詩織の怒りの炎に油を注ぎこむだけだろう。

そんなことくらい先刻承知だった。

八木は靴を脱いでソファにあがると、

「どうもすみませんでした！」

詩織に向かって土下座《どげざ》した。

「この前の不躾《ぶしつけ》な振る舞いは、すべて僕の至らなさによるものです。不快な思いをさせて、本当に申し訳ございませんでした」

深々と頭をさげながら言った。

カラオケボックスに入ったのは、この土下座のためだった。

日本における謝罪カルチャーの中で、土下座は特別な位置を占める。切腹最中のシャレが通じない相手でも、そこまでするなら許してやろうと思うのが日本人なわけだが、現代社会で土下座を敢行《かんこう》する場合、問われるのは場所である。座敷などをのぞく普通の飲食店、あるいは路上や駅のホームなどでいきなり土下座をしても、相手に引かれるのがオチだ。

その点、カラオケボックスならスマートに土下座を決められる。足元にひざまずくのではなく、靴を脱いでソファの上でするというのも、相手の心に過剰な負担をかけない。

さらにまた、ふたりきりの密室というのが効果的だ。土下座はその後の雰囲気づくりがもっとも重要なのだが、相手が「もういい」と言ったあと、ふたりきりなら和《なご》やかに話ができる。照明が薄暗いのも、すべてをうやむやにするのにひと役買ってくれるはずだ。

「……わざとらしい」

詩織がボソッと言ったので、八木は恐るおそる顔をあげた。

「そんな芝居がかったやり方で、わたしの溜飲《りゅういん》が下がると思った？　いったいどこまで浅はかなの」

ジョッキに入ったビールを持つと、勢いよく喉に流しこんだ。

2

「だいたい、あなたは悪いと思ってるわけ？」

ジョッキのビールを飲み干した詩織は、据わった眼で訊《たず》ねてきた。

「思ってます」

「なにが悪かったか、言ってごらんなさい」

「それは、まあ……欲望をこらえきれなかったというか……」

「それもそうだけど……あなた、わたしの年、いくつだと思ってるわけ？」

「……三十代半《なか》ばですよね？」

「三十七よ。そのわたしに向かって、『もしかして処女？』って言ったのよ。あり得ないでしょ。わたしって、そんなにモテない女に見える？」

「いやいや、モテるとかモテないとかじゃなくてですね、あまりにも頑《かたく》なにキスを拒《こば》むから、そうなのかなって……」

「キスを拒んだのは相手を選ぶからです。要するに、あなたはわたしのお眼鏡《めがね》にかなわなかったの。ただそれだけの話」

「僕のお眼鏡にはかなったんですけど」

「はあ？」

「詩織さんって……とってもいいなって……思ったから……」

彼女の頬がみるみる紅潮《こうちよう》していったのは、ジョッキのビールを飲み干したからではないようだった。

「なんというか……もっとお近づきになりたいというか……あやまちはあやまちとしてし

っかり謝罪して、もっと前向きに未来をとらえたいというか……そういう気持ちで、今日はあらためて、詩織さんをお誘いしたんですが……」

「なに言ってんだか」

詩織は、照れている自分を打ち消すように、意地悪な口調で言った。

「そりゃあね、わたしにもミスがあったわよ。二軒目に行ったお店が、まさかあんな破廉《はれん》恥《ち》なところだなんて思わなかったから……でもね……でもだからって、どさくさにまぎれてボディタッチしてこようとしたり……キッ、キッスまでしちゃおうとするような、そんな軽薄《けいはく》な男は願い下げなの」

「実は自分でも信じられないんです。あのときはきっと、どうかしてたんだと思います。人に見られてエッチをするのが大好きな、恥知らずなまわりの客にあてられた……っていうより、本当のところは詩織さんの魅力にくらくらして……自分が自分でなくなっちゃうくらい心を奪われて……気がつけば手が伸びていたっていうか……」

「いくら口先でうまいこと言ってもダメ。だいたいあなた、フーゾクに行くんでしょう？　オッ、オナクラですって？　そんな口にするのも穢《けが》らわしいところに行ってるくせに、一丁前に口説《くど》こうとしないで」

「たしかに……」

八木は大きく息を呑《の》み、胆力をこめて詩織を見た。

「僕はいままで、フーゾクマニアでした。モテなかったんだから、しかたがないじゃないですか？　でも……詩織さんが付き合ってくれるなら、金輪際《こんりんざい》フーゾクには行きません。約束します」

「ハッ！　どうしてわたしがあなたと付き合わなくちゃいけないの？」

「……満更《まんざら》でもないくせに」

八木が顔をそむけてつぶやくと、

「なんですってっ！」

詩織は真《ま》っ赤《か》になって立ちあがった。

「誰が満更でもないのよ、誰がっ！」

「すっ、すいませんっ！　怒らないでください……座って……ね、座ってください……」

八木は言いつつも、腹の中でペロリと舌を出していた。怒ったふりをしていても、詩織はこちらのことを憎んでいない。少なくとも興味はある。そうでなければ、オナクラの話まで覚えているわけがない。そもそも本気で怒っているなら、帰ってしまえばいいだけの話なのである。

あとは顔を立ててやればいいだけだった。年上としての面目《めんもく》を保たせつつ、親和的なムードを取り戻す——できるはずだった。彼女は先週、二軒目に誘われて嬉しかったと言っていたのだ。第一印象は悪くないはずだから、誠意をもって対応すれば、かならず……。

「ひとつ、ご提案があるんですが」

「なによ？」

詩織が睨《にら》んでくる。美人は得である。怒った顔をすればするほど、その美しさが際立つのだから。

「この前、不躾なことをしてしまったお詫びに、なんでも言うことをきくっていうのはどうでしょう？」

「……なんでも？」

「はい。どんな無理難題でも、詩織さんがそれを求めるなら、僕はやってのけます。欲しいものがあるなら、言ってください。いますぐ貯金をおろして買ってきましょう。行きたいところがあるなら、教えてください。たとえ地球の裏側でも、全身全霊でアテンドさせていただきます」

詩織はむっつりと押し黙った。立ちあがって内線電話の受話器を取り、ビールを頼んだ。自分のぶんだけだったが、八木は文句を言わなかった。やがてビールが運ばれてくると、詩織はそれをひと口飲んでから言った。

「本当に、どんな無理難題でもいいの？」

「もちろんです」

八木は笑顔でうなずいた。引っかかった、と心の中でガッツポーズをつくった。条件付きとはいえ、話に乗ってきたということは、詩織は自分を許してくれるつもりがあるということだ。どんな条件であるかは、実は問題ではなかったのだ。いまのフリは、彼女に許す気があるのかどうかを、確かめるための踏み絵だったのである。

「本当になんでもするのね？　どんなことでも？」

詩織はその美しい瞳を悪魔的に輝かせながら言ったが、

「どうぞ、どうぞ」

八木は笑顔を崩さなかった。

恐れることはなにもなかった。人間の想像力など、たかが知れている。宇宙旅行に連れていけとか、十歳若返る薬を出せとか、港区の土地を百坪用意しろとか、「実現不可能な」無理難題を口にしては、このゲームは成立しない。そんなことを求めたところで、彼女の溜飲は下がらない。

つまり、詩織はかならず「実現可能な」無理難題を言ってくる。ならば、できる。論理的に、できないわけがない。詩織がいくら頭をひねっても無駄である。話に乗ってきた時点で、勝利はこちらの手中に収まっている。

「オナニーして」

詩織がまっすぐに眼を見て言ってきたので、

「はっ、はい？」

八木は素《す》っ頓狂《とんきょう》な声をあげてしまった。

「いまここで、全裸になってオナニーしてください。そうしたら、この前のことは水に流してあげます」

「いっ、いやあ……それはちょっと……」

八木は苦りきった顔になった。腋《わき》の下から大量の冷や汗が噴きだしてくるのを、どうすることもできなかった。

「どうしたのよ？　なに雨の中に捨てられた仔犬みたいにプルプルしてるの？」

詩織が夜叉《やしゃ》の形相《ぎょうそう》で追いこんでくる。

「あなた、オナニーを見られるのが好きなんでしょう？　お金を払ってオナクラに行ってるくらいなんだから、大好きに決まってるわよね。だったら、やってみなさいよ。じっくり見てあげるから」

「でっ、でもその……僕はいいですよ……たしかに僕はオナクラが大好きですから……でも、あの、さすがにお目汚しじゃ……詩織さんの美しい瞳を、僕の醜態で穢すようなことは……」

「いいからやってちょうだい」

長い脚をさっと組み替えてこちらを睨んでくる詩織の姿は、気の弱い男なら座り小便を漏らして馬鹿になってしまうくらいの迫力があった。

「みっ、見たことあるんですか？　男のオナニー……」

八木が蚊《か》の鳴くような声で訊ねると、

「あるわけないでしょ」

詩織はますます眼を吊りあげて答えた。

「女の前でオナニーするような、気持ちの悪い男と付き合ったことなんてないもの」

八木は心の中で、土砂《どしゃ》降《ぶ》りの雨に打たれていた。

これは想定外の展開だった。なるほど、いまここで全裸になってオナニーを披露しろというのは、「実現可能な」無理難題だ。やろうと思えばできる。実際、詩織のような美しい女がオナニーを眺めてくれるというのなら、しかるべき料金を払ってもいいくらいである。

だが……。

だがしかし、それをやったらおしまいである。詩織と恋愛関係を築きたいという八木の願望は、木っ端微塵《こっぱみじん》に吹き飛ばされる。

いみじくも彼女が言ったように、目の前でオナニーをするような気持ちの悪い男に、恋心を抱く女なんていない。

逆も真なりである。八木にしたって、好きな女の前でオナニーなどしたくない。自分が醜態をさらした女と、付き合うことなど考えられない。

それが男の本音であるから、オナクラのようなフーゾクが盛況をきわめるのだ。オナニーを見られるのは興奮する、だが、妻や恋人にそんな姿は見せられないという大いなる矛盾《むじゅん》が、オナニークラブというニッチな商売を成立させているのである。

3

「どうするの？　オナニーするの、しないの？」

冷たく言い放つ詩織の声が、カラオケボックスの中に響く。曲をエントリーしていなくてもカラオケマシーンはけたたましい音楽を鳴らし、まわりの部屋からも下手《へた》な歌が聞こえてきていたが、詩織の声はそれらを押しのけて、氷柱《つらら》のように八木の耳に刺さった。

「やりますよ……」

立ちあがった八木の胸には、鉛色《なまり》の諦観《ていかん》だけがひろがっていった。

「やればいいんでしょう……」

この恋は潰えた、という諦観である。

詩織の発想は、敵ながら天晴《あっぱ》れとしか言い様がない。実現可能な範囲で、こちらの仕掛けた策を台無しにした。

かくなるうえは、せいぜい気持ちのいいオナニーをすることだった。詩織のような美女に見てもらいながらイチモツをしごく機会など、いくらオナクラに通い続けたところで、この先訪れることはないだろう。

ならば楽しめばいい。

失恋と引き替えに、この状況を……。

「ううう……」

居直ったところで、裸になるには勇気が必要だった。震えながら上着を脱ぎ、ネクタイをといた。ワイシャツのボタンをはずしながら、この一週間、彼女のことばかり考えていたことを思いだす。フーゾクで出会った女は、それがいくら奇跡的な大当たりでも、ひと晩経《た》てば記憶がぼんやりしてくる。三日経っても顔を覚えている女など、ほとんどいない。

　だが詩織の顔は、一週間経っても脳裏《のうり》に刻みこまれたままだった。耳底には、彼女に言われた台詞《せりふ》が、いつだってリフレインしていた。

『わたし……みんなの前でふたりで飲みたいって誘われて……けっこう嬉しかったのに……』

　おかしい。あれはたしかに、恋の予感だったはずだ。なのに気がつけば、カラオケボックスでブリーフ一枚になっている。店員に隠れてこっそりラブラブするためではなく、オナニーをするために……。

　一瞬、名案が頭に浮かんだ。

　勃起しなければいいのではないだろうか？

　イチモツが勃《た》たなければ、当然しごけない。オナニーをしたくても、できない状況が訪れる……。

　無理だった。

　詩織の視線を意識した途端《とたん》、ブリーフの前はみるみるもっこりふくらんでいった。我ながら滑稽《こっけい》なほどのテントの張り方だった。詩織の視線は、オナクラの女の子が向けてくる営業色濃厚な視線とはまるで違った。驚き、羞恥、軽蔑……様々な感情が込められていて、体中の素肌をチリチリと焦がすほど熱く、気がつけば痛いくらいに勃起していた。

「大《お》っきくなってるじゃない」

詩織が失笑をもらす。

「わたし、泣きながら勃起している人、初めて見た」

たしかに、八木の眼には涙が浮かんでいた。勃起すらこらえられない自分が、不甲斐《ふがい》なくてしようがなかった。

「ほら、早くパンツも脱いで、シコシコしてごらん」

いまにもキャッキャとはしゃいだ声さえあげそうな詩織に、八木はゾッとした。この女は、ドSなのではないかと思った。容姿《ようし》はお局《つぼね》さまふうだし、きっとそうだ。人に意地悪するのが大好きなのだ。

「ううう……」

八木は眼尻《めじり》の涙を拳《こぶし》で拭《ぬぐ》い、なんとか気を取り直そうとした。勃起もしてしまったことだし、うじうじしていても恥の上塗りになるだけだ。かくなるうえは、潔《いさぎよ》く詰め腹を切るだけだった。笑いものにしたければ、すればいい。好きな女の前でオナニーする男の姿ほど、この世に滑稽なものはないだろうから……。

さあ、笑え！

勢いよくブリーフをおろすと、その反動で勃起しきった男根が跳《は》ねあがり、湿った音をたてて下腹を叩いた。

詩織が笑うのをやめる。

そそり勃った男根に視線をからみつけてきたが、すぐに顔をそむけた。

理由はわからない。ただ単に照れただけなのかもしれないし、カラオケボックスで全裸になった男にドン引きしているのかもしれない。まさか本当にやるとは思わなかったと……。

気にしている場合ではなかった。

八木は仮性包茎なので、素早く剝《む》かないと恥ずかしいのだ。

「むむっ……」

立ったまま肉棒を握りしめ、カリのくびれに新鮮な空気をあてると、一瞬、気が遠くなりそうになった。それほどの快楽が男性器官に訪れ、頭のてっぺんまで波及していったのである。

これは……大変なことになるかもしれない……。

大爆発の予感が、男根を握る手のひらに汗をかかせる。ただでさえ湿っぽい肉棒がヌメッていくのを感じながら、すりっ、すりっ、としごきはじめる。

詩織がこちらを見ていた。

先ほどまで顔をそむけていたのに、組んだ脚に肘《ひじ》をつき、身を乗りだして頬杖をついている。

真顔だった。

なにしろ美人なので、激しい興奮がこみあげてくる。

と同時に、尋常ではない恥ずかしさが体を揺さぶった。

彼女は一期一会《いちごいちえ》のオナクラガールではない。曲がりなりにも恋心を抱いた女の前で自慰をする恥辱《ちじょく》は想像以上で、自分という人間が社会性を失ったクズ野郎に思えてくる。

だが、八木はすでに、後戻りできないところまで来てしまっていた。始めてしまった以上、もはやこのまま進むしかない。

「むううっ！　むううっ！」

恥ずかしさを跳ね返すべく、堂々と胸を張って男根をしごいた。早くもあふれだした先走り液が、包皮に流れこんでニチャニチャと耳障《ざわ》りな音をたてる。

「やだ、もう……」

詩織が失笑をもらす。

「顔が真っ赤っかよ。お猿さんみたい」

「しようがないじゃないですかっ！」

八木は叫ぶように言った。

「もっ、もうイキそうなんだから、しようがないんですっ！」

「イキそうなの？」

詩織の美しい瞳が、淫らに艶めいた。

「まだ始めて一分も経ってないじゃない。もしかして、早漏？」

「違いますっ！」

八木は風を起こしそうな勢いで首を振った。

「さっさと出して、終わりにしたいだけですからっ！」

嘘ではなかった。オナクラでも他のフーゾクでも、早漏を指摘されたことはない。いつだって時間ぎりぎりまで楽しもうと限界まで射精をこらえるのが、八木のフーゾクマナーなのである。

いまはこらえる必要がないだけだった。詩織の視線に興奮していることは事実だったが、男根をしごいているのは自分の右手なのだ。時間を引き延ばそうと思えばいくらだってできるけれど、そんなことをしても意味はない。ただ単に恥辱の時間が延びるだけなのだから……。

さっさと射精を果たし、詩織を追い払いたかった。そして内線電話で、大量の酒を注文するのだ。それを持ってくる店員はイカくさい匂いを察し、嫌みったらしく鼻をつまむだろう。だが、生き恥をさらしたばかりの八木に、恐れるものはなにもない。自分が放った精の匂いが充満したこの部屋で、時間いっぱいまで失恋のひとり酒に溺《おぼ》れてやるつもりだった。

「おおおっ……おおおおっ……」

だらしない声をもらして身をよじった。射精の予兆に、両膝《ひざ》がガクガクと震えだしていた。いよいよ放出してしまいそうだったが、どこに出せばいいだろうか。いつもはティッシュの四枚重ねだが、この部屋にはティッシュの箱が見当たらない。まさか宙に飛ばすわけにもいかないから、手のひらで受けとめるしかないだろう。

だが、覚悟を決めたそのとき、詩織が立ちあがった。

「ちょっと待ちなさい」

「えっ？　ええっ？」

いきなりすぐ側まで迫ってきたので、八木は情けない中腰になった。

「しごくのをやめて。オチンチンから手を離して」

「はっ、はあっ？」

八木は泣き笑いのような顔をしながら、右手をイチモツから離した。詩織の口から飛びだした「オチンチン」という言葉が、思考能力を奪い、言われたままに体が動いてしまった。こんな大人の美女でも、オチンチンなんて言うのか……。

「なんだかわたし……変な気分になってきちゃった……」

詩織は眼を泳がせながら言った。どういうわけか、双頬が生々しいピンク色に染まっていた。

「よく考えたら、おかしいじゃない？　わたしが謝罪を受けているはずなのに、あなたばっかり気持ちよくなって、わたしは指を咥《くわ》えて眺めているだけ……おかしいわよ、絶対にこれは」

「……どうしろっていうんですか？」

八木はほとんど泣きそうだった。どうでもいいが、顔が近い。理性を失いそうなので、息がかかりそうな距離から離れてほしい。

「両手を後ろにまわしなさい」

「……こうですか？」

言われた通りにした八木の両手を、詩織はネクタイで縛《しば》ってきた。

「なっ、なにをするんですか？」

八木は焦った声をあげた。全裸のまま後ろ手に縛られたことで、急に恐怖がこみあげてきた。握るべき手を失ったイチモツが、所在なさげにビクビクと跳ねる。

「出すのはちょっとお預けね」

詩織は言うと、ペパーミントグリーンの巻きスカートをはずしはじめた。脱いだわけではない。紐《ひも》をといて一枚の布にすると、それで器用に下肢《かし》を隠しながらソファに座り直した。

「なっ、なにをしてるんですか？」

八木の問いかけを、詩織はきっぱりと無視した。こちらを上目遣いで見上げながら、巻きスカートの中でもぞもぞと手を動かし、

「あっ……」

小さく声をもらしたと思うと、にわかに眼つきをいやらしくしていった。

4

詩織はいったいなにを始めたのか……。

訊ねるまでもなく、表情の変化を見れば答えはあきらかだった。

「あっ……んっ……」

眉根を寄せていき、双頰の紅潮が濃くなっていく。半開きになった唇《くちびる》から、ハアハアとはずむ吐息がこぼれ落ちる。

「なっ、なにをしてるんですかっ！」

わかっていても、八木は訊かずにいられなかった。

「あなたの気持ちが少しだけ理解できた……」

詩織が言った。表情だけではなく、声まで甘ったるいウィスパーボイスに豹変《ひょうへん》している。

「誰かに見られながらオナニーするのって、興奮するのね……」

「やっ、やっぱり！」

八木は声を震わせる。

「オナニーしてるんですね。巻きスカートの下で……」

「そうよ」

詩織は眼つきをますますいやらしくしながら、巻きスカートの下でもぞもぞと手を動かす。

「あなたばっかり気持ちよくなってて、悔しかったんだもの……」

ならば隠したりするんじゃない！　と八木は胸底で絶叫した。こちらは全裸で男根をしごき、男のプライドを木っ端微塵に吹き飛ばされたのだ。自分は恥をかきもせず、気持ちがよくなるだけというのは、ずるいではないか。

ペパーミントグリーンの布の下で、いったいなにが行なわれているのか……。

脚を閉じて座っているように見えるが、それではうまく指を使えないだろう。布に隠して、膝は離れているに違いない。さらには下着である。彼女の長い脚はナチュラルカラーのナイロンに包まれている。パンティストッキングとパンティに、女の大切な部分は守られているはずだった。

二枚の下着越しでも、指を使えば気持ちいいのだろうか？

それとも、下着の中に手を突っこんで、直接あそこを……。

「ああああっ……」

詩織が艶《つや》っぽい声をもらす。下着の上からか、直接なのかは判然としないけれど、指を使っている。割れ目の上で尺取り虫《しゃくとりむし》のように動かしているのか、あるいはいちばん感じるクリトリスの上で、小刻みに振動させているのか……。

見たかった。

相手が詩織のような美女であれば、パンスト姿を想像しただけで、身震いがとまらなくなった。それを拝むことができれば、この先一生涯、オナニーのおかずには困らないだろう。そのうえ、股間で指を動かしているとしたら……いや、タラレバの話ではない。彼女はいま、それをしていると断言したのだ。

「あのうっ！」

八木はたまらず声をあげた。

「きっ、気持ちよくなりたいなら、不肖《ふしょう》わたくしが舐《な》めて差しあげましょうか？」

「けっこうです」

詩織は冷たく言い放ち、プイッと顔をそむける。

「わたしはオナニーがしたいの。自分で自分を満足させられる女なの」

三十七歳の独身女は、さぞや凄《すご》みのある指使いをしそうだった。できれば見せていただきたいが、さすがに無理なようだ。

「じゃあせめて、両手を自由にしていただけませんか。僕も……自分でしますから……」

「ダーメ」

詩織は幼児を叱《しか》るように、メッと睨んできた。

「お詫びしているあなたが、わたしより先に気持ちよくなるなんて許せない。わたしがイッたら、両手は自由にしてあげます」

「そっ、そんなっ……」

八木は泣きそうな顔になった。すがるような眼を向けても、詩織は無視した。身をよじり、勃起しきった男根をブンブン揺さぶっても、情けをかけてはくれなかった。

それにしても……。

いくら異性の自慰《じい》を目の当《ま》たりにして興奮したとはいえ、自分まで股間をいじりはじめてしまうとは、大胆な女である。

欲求不満なのだろうか？

可能性は高かった。

詩織は美人だが、敷居《しきい》が高そうだし、年もいっている。なにより、同僚には梨奈のような女がいるのだ。茶髪で可愛らしく、いい感じに尻も軽そうだから、職場の独身男性はみな彼女にもっていかれるだろう。となると、詩織に声をかけてくるのは、体目当ての既婚男性ばかり。プライドが高い彼女はそのことに傷つき、毎晩毎晩、泣きながら自慰に耽《ふけ》っていてもおかしくない。

「あのう……」

もう一度声をかけると、

「なによっ！」

しつこいとばかりに、眼を吊りあげて睨みつけられた。

「どど、どうせなら、巻きスカートを取ってみたらどうです。そのほうが絶対興奮しますよ」

「いやよ、恥ずかしい」

「恥ずかしいから興奮するんじゃないですか。僕は……僕はもう、詩織さんのことは諦めました。目の前でオナニーまで披露してしまった以上、もう恋心を抱くことはできないでしょう。だから……だから僕たちが会うのは今日が最後……哀《かな》しいけれど、それが現実です……ならば少しくらい恥ずかしい思いをしても、気持ちよくなったほうがいいじゃないですか」

「……なるほどね」

詩織は唇を尖《とが》らせて、しばし思案《しあん》に耽った。

「たしかに、あなたとはもう二度と会わないでしょうね。だったら、恥をかいてもべつにいいか……」

「そうですよ！　べつにいいですよ！」

八木が叫ぶように言うと、詩織はうなずいて巻きスカートをずらしはじめた。じりっ、じりっ、と下肢が露わになっていく。ストッキングに包まれた脚、膝、そして太腿《ふともも》……。

涼《すず》やかな顔に似合わず、むっちりと量感のある太腿をしているのが、アラフォー熟女の面目躍如《めんもくやくじょ》だった。

あきらかに、太腿のところはナイロンの色が薄くなっていて、その迫力を伝えてくる。

ここがフーゾクであるならば、オプション料金をいくら払ってもかまわないから、その太腿で顔を挟んでくれと申し出ているだろう。

「はっ、恥ずかしいっ……でも、最後よね……あなたに会うのは、これが最後なのよねっ……」

八木にとっては哀しすぎる現実を、詩織は自分に言い聞かせるように言いながら、巻きスカートを下肢から剝がす。

「おおおっ！」

八木は思わず声をあげ、眼を見開いた。

詩織は左手で巻きスカートを持っていた。右手は下着の中に入っている。感じる部分を、直接いじっていたわけだ。

その大胆さもさることながら、八木の視線は彼女の右手が入っているパンティに釘《くぎ》づけになった。

白だった。

……ダサい。

三十七歳にもなって、デートに白いパンティを穿いてくるなんてあり得ない。もちろん、彼女は八木の眼に下着をさらすつもりなどなかったのかもしれない。それにしても白いパンティである。いまどき女子高生でも穿かないのではないか。

「……なによ?」

八木が眉をひそめていたので、詩織は唇を尖らせた。

「いっ、いやその……むむむ、むしゃぶりつきたくなる体だなって……くらくらするほど色っぽいというか……」

しどろもどろになりながら、なんとか誤魔化《ごまか》す。嘘《うそ》はついていなかったし、言いながら男根をビクビク跳ねさせたので、信憑性《しんぴょうせい》もあったのだろう。

「ふうん」

詩織は満足げにうなずくと、

「でも、見るだけよ……見るだけなんだから……」

下着の中に突っこんだ右手を動かし、「あんっ」と悩ましい声をあげた。

見るだけといっても、恥毛も恥丘《ちきゅう》も女の花も、なにひとつ見えていなかった。それでも下着をさらしたことで、詩織はスイッチが入ったようだった。

「あああっ……」

身をよじりながら声をもらし、オナニーに淫《いん》していく。カラオケボックスの中は相変わらず大音響で音楽が鳴り響いていたが、耳をすませば猫がミルクを舐めるような音まで聞こえてきそうだ。

「ねえ、わたしいま……指を入れてるのよ……いやらしい穴に指を……」

やがて、そんなことまで言いだし、

「ああっ、ダメッ……体を起こしていられない……」

ソファに横になってしまった。横になるだけなら、まだよかった。ハイヒールを履いたまま、両脚を扇情《せんじょう》的なM字にひろげてオナニーを続けた。

（エッ、エロいっ……エロすぎるだろっ……）

八木は涎《よだれ》を垂らしそうな顔で詩織を凝視《ぎょうし》し、前屈《かが》みになった。勃起しすぎてつらかったからだが、前屈みになったところで、つらさはいっさい軽減されず、男根を刺激できない苦悶《くもん》にうめくしかなかった。

「ねえ……」

詩織がハアハアと息をはずませながら、濡れた瞳を向けてきた。

「わたし……もう……イキそう……」

それは、八木にとっても吉報《きっぽう》だった。年上の美女のイキ顔を間近で拝めるだけではなく、詩織がイケば今度は自分の番なのだ。両手を縛っているネクタイをほどいてもらい、思う存分男根をしごき抜ける。

「でもね……」

濡れた瞳が意地悪く光った。

「わたし、オナニーだと何度でもイケるから、まだまだあなたの番にはならないわよ。そうね……最低でも三回はイカないと……」

「そっ、そんなっ……」

八木は今度こそ本当に涙を流しそうになった。世の中に、射精をこらえることくらいつらい苦行はないと思い知らされ、足踏みがとまらなくなっていた。着衣でオフィスにでもいるのなら、気をまぎらわすこともできたかもしれない。全裸で勃起しきった男根をさらしていては無理だった。あまつさえ射精寸前でオナニーを中断させられたのだから、頭がどうにかなってしまいそうである。

「ああっ、いやっ……イキそうっ……」

詩織がぎゅっと眼をつぶり、腰をもちあげる。カラオケボックスのソファの上で、エビ反りの体勢になって自慰に耽る。ぴちゃぴちゃという いやらしい音が、部屋にかかる音楽を押しのけて耳に届く。詩織の女らしい細指がいま、濡れた花びらをいじっているのだ。指先をヌプヌプと穴に入れたり、尖ったクリトリスを撫で転がしたりしているのだ。

もう我慢できなかった。

八木は反対側のソファにうつ伏せになり、勃起しきった男根を押しつけた。表面はビニールクロスで、クッションはいささか硬かったが、白眼を剝きそうなほどの快感が全身を痺《しび》れさせた。

血走るまなこで自慰に淫する詩織を見つめながら、腰を振りたてた。正常位でピストン運動を送りこむ要領だ。ソファに押しつけられた男根が、燃えるように熱くなった。射精の前兆に芯《しん》が疼きはじめる。

「ああっ、いやっ……いやいやいやあああーっ！」

詩織はエビ反りの体勢をキープしたまま、髪を振り乱して首を振った。

「もっ、もうイクッ……わたし、イッちゃうっ……イクイクイクイクッ……はっ、はぁううう－っ！」

白い喉を突きだしてのけぞると、宙に浮かせた腰が、ビクンッ、ビクンッ、と跳ねあがった。その振動が瞬く間に全身に伝わっていき、詩織は女体を躍動させた。豊満な尻をぶるぶると震わせては、ぎゅっと太腿を閉じる仕草《しぐさ》がいやらしかった。オルガスムスを嚙みしめるように、歯を食いしばった表情はそれ以上にエロかった。

「あああああっ……はぁああああっ……」

エビ反りの体勢のまま震えていたが、やがてソファに崩れ落ちた。四肢《しし》を弛緩《しかん》させてからも、体の痙攣はしばらくの間続いていた。ハアハアと激しくはずむ吐息が、ピンク色に染まって見えた。

八木も息をはずませ、体を震わせていた。

詩織が絶頂に達するのと同時に、射精を果たしてしまった。下腹部が生温かくヌルヌルしていた。ソファが高級な本革でなくて助かった。ビニール製のクロスなら、おしぼりで拭えば店員に気づかれずにすむだろう。

第四章　お月様が見てる

1

「ご馳走《ちそう》さまでした」

バーを出ると、梨奈は礼儀正しく腰を折ってお礼を言った。白字に紺のストライプが入った、フェミニンなワンピース姿だった。

「なかなか雰囲気《ふんいき》のある店だったろう？」

水崎は街灯が照らす夜道を歩きだしながら言った。

「はい、とっても。こんなに素敵なデート、久しぶりかもしれません」

「久しぶり、ね……」

水崎は苦笑をもらした。夕方に待ち合わせてイタリアンレストランで食事をし、ダーツバーで腹ごなしをしてから、いまの夜景が見える店で締めのカクテルを飲んだ。どの店も吟味《ぎんみ》を重ね、いまの水崎にアテンドできる最良のデートコースを用意したつもりだった。「久しぶり」のひと言で片づけられては困るのだが、彼女はまあ、それなりに経験豊富なのだろう。

『わたしを抱きたいなら、きちんと手順を踏んでください』

この前、梨奈に言われた台詞《せりふ》に応えるため、水崎は今日のデートコースをプランニングした。

「それで、このあとはどこへ？」

「ちょっと酔い覚ましにぶらぶらしよう」

「はーい」

明るく返事をした梨奈は、含み笑いを隠さなかった。次はホテルってことですよね？とその顔には書いてあった。それでも警戒する素振《そぶ》りを見せないのだから、なかなか肝《きも》が据わっている。もちろん、デートに応じた時点で覚悟はしていたのだろうが、それにしても可愛《かわい》い顔をしてたいしたタマだ。

『わたしを抱きたいなら……』

その台詞に釣られて、妻帯者《さいたいしゃ》のくせに梨奈を誘ったのは間違いなかった。だが、いよいよそのときを迎えようという段階になって、水崎は自分の気持ちに自信がなくなってきた。

俺は本当にこの女を抱きたいのだろうか……。

ただムキになっているだけなのかもしれなかった。

ラブホテルの部屋までついてきながら、梨奈は体を許してくれなかった。そんなことは初めてだったから、グウの音も出ないデートコースを用意してベッドインにもちこみ、こってりと濃厚な愛撫《あいぶ》でひいひい言わせてやりたくなった——それはそれでひとつの真実には違いない。

さらにもうひとつ、梨奈を誘った決定的な理由がある。セックスレス気味の新妻と久しぶりに体を重ね、中折れしそうになったとき、彼女の顔を思いだして会心《かいしん》の射精を遂《と》げることができた。

ならば、本物の彼女を抱いたら、いったいどれほど素晴らしいセックスができるのか、好奇心が疼《うず》かなかったと言えば嘘《うそ》になる。

だが……。

そういうことをひっくるめても、彼女を抱くのがなんだか億劫《おっくう》になってきた。最良のデートコースを選んだとはいえ、お決まりの展開だった。これから夜道を散歩して、五分後には静かな公園に着く。そこで好きだと告白し、キスをする。公園を通り抜けて反対側の出口から出れば、ラブホテル街……。

水が高いところから低いところに流れるように、ベッドインまではスムーズに違いない。

しかし、水崎にとって新鮮なことはなにもなかった。

おそらく、梨奈も一緒だろう。きちんと手順を踏めば抱かせると言った手前、彼女は拒まないだろうが、内心で笑われるような気がしてならない。

コドリー街の〈THE PUB〉で梨奈がナンパされたのは、初めてではないはずだった。おそらく、両手で数えきれないほどのデートに誘われたことがあるだろう。他の男に見劣りするデートをしたつもりはないが、ぶっちぎりで彼女の心を揺さぶった自信もない。

繁華街のネオンから遠ざかると、夜空に満月がぽっかり浮かんでいた。公園での告白をムーディに決めるにはおあつらえ向きだったが、歩くほど憂鬱《ゆううつ》になっていく。こんなものか、と思われながら抱かせてもらうセックスに、いったいどれほどの価値があるのだろう。

「あっ、公園」

梨奈が前を指差して言い、口を押さえる。

「なに笑ってるんだよ?」

水崎は眉をひそめた。

「笑ってませんよ」

「いや、笑ってる」

険《けわ》しい表情で睨《にら》みつけると、

「だって……」

梨奈はもう我慢できないとばかりに、クスクスと笑いだした。

「この公園で告白して、キスしようとしてるんでしょ？」

水崎はますます険しい表情になる。

「あっ、べつにいやってわけじゃないですよ。そういう約束だし、水崎さんはわたしが思ってたより、ずっと誠実にエスコートしてくれたし……でも……」

「でも？」

「もうわかったんで、公園でキスはパスして、ホテルに行きません？　終電までの時間は限られているから、そのほうがゆっくりエッチできますよ」

さすがにカチンときた。この女は男をナメてる、と思った。なにが「もうわかった」のだろうか。たかが数時間一緒にいて飲み食いしたくらいで、すべてをわかった気になられては困る。

「そりゃあひどい早とちりだ」

水崎はハハッと声をあげて笑ってみせた。

「ここに公園があることは知ってたが、立ち寄るつもりはなかった。はっきり言って、キスとかエッチとか、そんなことだって考えてない」

「ふーん。それじゃあもう解散？」

「いやいや……」

水崎は首を横に振った。

「そうあわてるなって。終電までまだ時間があるだろう？」

言いつつも、背中に冷や汗が流れていく。梨奈に図星《ずぼし》を指された展開以外、水崎はノープランだった。

べつにベッドインにこだわっているわけではない。このまま解散したってかまわないのだが、それはそれで敵前逃亡のようで癪《しゃく》に障《さわ》る。

なんとかして、梨奈の鼻を明かしてやりたかった。

彼女は思ったよりも頭がいいようで、自分が男にどう見られているのかよくわかっている。顔は可愛く、スタイルもまあまあで、気が合えば簡単にセックスさせてくれそうな女――わかったうえで、駆け引きを楽しんでいるのだ。自分の体を餌《えさ》にして……。

こんな女にナメられたままでは、家に帰っても安眠はむさぼれないだろう。

とはいえ、すぐに妙案《みょうあん》は浮かびそうにない。どうすればいいのか頭をフル回転させているると、行く手に小学校の校舎が見えてきた。

これだ！　と直感が閃《ひらめ》く。

「さーて、目的地に着いたぞ」

校門の前で足をとめると、

「ええっ？」

梨奈は眼を丸くして驚いた。

「ここって……小学校ですよね？」

「ああ、俺の母校なんだ」

水崎は爽《さわ》やかな笑みを浮かべて言ったが、もちろん嘘である。

「今日はキミに、ささやかな思い出巡りに付き合ってもらおうと思ってね」

「はっ、はあ……」

梨奈はどういう顔をしていいかわからないようだった。

だが、心配することはない。彼女以上に水崎のほうが、よほど不安に打ち震えている。

一寸先の展開さえ見えていないのだから……。

2

呆然《ぼうぜん》としている梨奈の手を引き、水崎は小学校の裏口にまわった。

裏門が開いていればしめたものだと思ったが、さすがにそれほど不用心な小学校はいまどきないようだった。

「よし、じゃあ塀を乗り越えよう」

水崎の言葉に、

「ええええっ？」

梨奈は夜闇の中でもはっきりわかるほど、可愛い顔をひきつらせた。口には出さなかったが、マジですか？　と言わんばかりだ。

「大丈夫だよ。ほら、ここに灯油の缶がある。まずこれに乗って、そっちの木の枝に足をかける。で、反対の足で塀に乗り移ればいいだけだ」

梨奈は言葉を返さない。

「体育の成績は？」

「小学校から高校まで、ずっと5です」

「運動神経抜群《ばつぐん》ってわけだ。なら大丈夫だろう。塀の上からは、向こう側に飛び降りればいい。なーに、それほど高い塀じゃない。怪我《けが》なんかしないさ」

「そうかもしれませんけど……」

梨奈の不安は、運動能力とは別のところにあるようだった。彼女は白地に紺のストライプの入ったフェミニンなワンピース姿だった。丈《たけ》はかなり短く、ミニと言っていい。

「ハハッ、なんだい？　まさかパンツが見えてしまうことを怖がってるわけじゃないだろうね？」

水崎は意地悪く言ってやった。

「キミは今日、俺に抱かれてもいいと思ってきたんだろう？　なら、パンツくらい見えたってどうってことないじゃないか。だいたい、こんなことをするのは、パンツが見たいからじゃない。見たかったら、まっすぐホテルに行って、ワンピースの裾《すそ》をまくりあげる」

「それは……そうかもしれませんけど……」

梨奈がうつむいてもじもじしていたので、

「先に行くんだ」

パンッ、と尻を叩《たた》いてやると、

「ひっ！」

梨奈は尻尾を踏まれた猫のような顔になった。先ほどまでは余裕綽々《しゃくしゃく》だったくせに、口ほどにもない。自分が想像していた展開からはずれたら、途端《とたん》に手も足も出なくなったようだ。まあ、可愛いところがある、ということにしておいてやるか。

「ほら、早く登って」

容赦《ようしゃ》なく急《せ》かすと、梨奈は渋々《しぶしぶ》灯油缶に足をかけ、

「見ないでくださいね！」

ワンピースの裾がめくれないように押さえてから、木の枝に飛び移った。体育の成績がずっと5だったというのは、どうやら嘘ではないらしい。下着が見えてしまうこともなく、俊敏《しゅんびん》な動きで塀の上にまで移動したので、水崎は感嘆《かんたん》の口笛を吹いた。

「よし。向こう側に飛び降りろ」

梨奈は呆《あき》れた顔で溜息をひとつついてから、言われた通りにした。毒を食らわば皿までと、覚悟を決めたようだった。

急いで水崎も後を追った。

裏門のすぐ脇にある塀だったので、飛び降りたところは裏庭のようなところだった。照明はほとんど消されていたが、夜空には綺麗《きれい》な満月が浮かんでいる。月明かりを頼りに、寝静まった校舎を横眼で見ながら、校庭へ抜ける道を探した。水崎はこの学校の卒業生で

もなんでもないので、懐かしそうな顔であたりを見渡していても、内心はヒヤヒヤものである。

「管理人さんに見つかったらどうするんですか？」

「シッ！　見つかりゃしないよ、校舎の中に入ったりしなきゃ」

廊下のブリッジをくぐり抜けると、目の前に校庭が開けた。手前に花壇や池があり、ちょっといい雰囲気だった。水崎は立ちどまり、小便小僧をしみじみと眺めた。

「それが小学生時代の思い出ですか？」

梨奈の口調にはたっぷりと皮肉が含まれていたが、

「ああ」

水崎は真顔でうなずいた。

「初恋の人と、よく一緒に見ていた」

「へええ、水崎さんの初恋の人って、どんな人？」

「キミに似ている」

「えっ……」

梨奈が眼を丸くする。

「嘘ばっかり。そんなこと、ひと言も言ってなかったじゃないですか」

「言ってなかったが、嘘じゃない。実はひと目見たときから、誰かに似てるってずっと思ってたんだ。この前は思いだせなかったが、三日くらいしてようやくハッと気づいてね。それで今日は、思い出巡りに付き合ってもらうことにしたわけさ」

「はあ……」

梨奈は半信半疑のようだったが、それでいい。なにもかも真《ま》っ赤《か》な嘘なのだから、半分でも信じてくれれば儲けものだ。

しんと静まり返った夜の小学校は、月明かりに照らされて幻想的な雰囲気だった。月が雲に隠れれば視界が闇に染まり、月が顔を出せば色とりどりの花壇の花や白い陶器製の小便小僧が存在感を放つ。

栗色の巻き髪がよく似合う梨奈の顔も、月明かりに照らされると白く冴えた。ほんの少しだけ眼尻《めじり》が垂れた大きな眼には愛嬌《あいきょう》があるが、長い睫《まつ》毛《げ》がエロティックだ。すっと通った鼻筋、ふっくらした頬《ほお》、サクランボのように赤く色づいた唇《くちびる》……月明かりは女の美しさを倍増させる装置らしい。都会に住んでいると、そんなことさえ普段は気づかない。

「その初恋の人、なんて名前なんですか?」

「……サチコちゃん」

「初恋は何年生のとき?」

「小三かな」

「どこが好きだったんです？」

「とにかく元気で明るい子だった。でもたまに、ふっと暗い顔をするんだ。両親が不仲でね。小四のとき引っ越していったのは、いま思えば離婚してたのかもしれない……」

　不意に梨奈が唇を嚙《か》みしめた。

「どうかしたかい？」

「わたしと一緒」

　長い睫毛を伏せて言った。

「わたしも両親が離婚してるんです。小四のとき。母の実家に引っ越したから転校しなくちゃいけなくて……哀《かな》しかったな、友達と離ればなれになるの……」

　どうやら、瓢簞《ひょうたん》から駒が出たらしい。口から出まかせの真っ赤な嘘に、彼女の過去が重なった。

「意外だな。キミみたいな子にも、そんな暗い過去があったなんて」

「それほど暗くもないですけどね。母の実家はけっこう裕福《ゆうふく》だったから」

「でも、転校するのは哀しかった」

「それは、まあ……」

「転校って残酷だよね。出ていくほうも哀しいだろうけど、残されたほうも哀しい。昨日まで一緒に小便小僧を眺めていた子が、ある日を境にいなくなってしまうんだから……」

水崎は梨奈に身を寄せていった。腰を抱くと、梨奈は一瞬息を呑《の》んだが、嫌がりはしなかった。

「ホント……見れば見るほどよく似ている……」

息のかかる距離まで顔を近づけた。

「そんなに？」

梨奈がパチパチと瞬《まばた》きしながら見つめてくる。

「もちろん、小学生と大人だからね。正確にそっくりってことはないけど……サチコちゃんが大人になったら、キミのようになってるんじゃないかな……」

「なんか……変な感じ……」

「そう？」

「わたしなんだか……本当に水崎さんと幼なじみで、偶然再会したような、そんな気になってきた……」

「だったらいいのにな」

月に雲がかかり、暗い夜が訪れた。水崎は架空《かくう》のサチコちゃんに感謝しながら、梨奈の唇を奪った。見えなくなる前に、位置はしっかり確認してあった。

「ぅんんっ……ぅんんっ……」

見た目より肉感的な梨奈の唇を、水崎はやさしく吸った。キスに慣れていないはずはないのに、ひどく初々《ういうい》しい感触がした。舌を差しだすと、梨奈はおずおずと口を開いて受け入れてくれた。舌と舌をからめあった。梨奈の舌は小さくてつるつるしていた。

雲の陰から月が再び姿を現すと、梨奈の瞳は潤《うる》んでいた。眼の下を生々しいピンク色に染めた顔が艶《なま》めかしく、水崎は思わず見とれてしまった。

3

その小学校の校庭は、トラックのまわりにさまざまな遊具が設置されていた。

鉄棒、のぼり棒、ブランコ、うんてい、ジャングルジム……どれも、水崎が通っていた小学校にもあったものだったので、自分が卒業した学校でなくても懐かしさがこみあげてくる。

手を繋いで遊具のほうに移動した。

「わたし、これ得意だったんですよ……」

梨奈が鉄棒を握りしめて言う。

「クラスの中でいちばん最初に逆上がりができた。男の子にも負けなかった」

「やってごらんよ」

「無理ですよ、こんな低い鉄棒で」

梨奈が握っているのは、ベルトの位置くらいの低い鉄棒だった。

「あっちには高いのもある」

「いやです」

梨奈は色っぽく紅潮《こうちょう》した顔に照れ笑いを浮かべる。

「パンツ、見えちゃうもん」

「さっきはうまいこと隠しながら、塀を乗り越えたじゃないか?」

「でも、逆上がりは……」

「見たいな、キミの逆上がり」

言いつつも、水崎は本気で梨奈の逆上がりを見たいとは思っていなかった。彼女のワンピースの丈は短く、やれば確実にパンティが丸見えだろう。もちろん、それが見たくないわけではなかった。どうせ見るなら、自分の手で露《あら》わにしたかっただけだ。

「あっ……んっ……」

鉄棒をつかんでいる梨奈を、後ろから抱きしめた。栗色の巻き髪に顔をうずめ、匂いを嗅《か》いだ。梨奈はもじもじと身をよじった。だが彼女の意識は、匂いを嗅がれている髪とは別にあるようだった。

ヒップである。そこに押しつけられた水崎の股間は、興奮に大きく盛りあがっていた。男の体の変化をわからないほど、梨奈は子供ではなかった。しかし、夜中にこっそり忍びこんだ小学校の校庭で、連れの男が性欲をみなぎらせている事態に平静でいられるほど、大人でもないようだ。

黙ったまま、腕の中で身を固くしていた。どうしていいかわからないようだった。水崎は、ウエストにまわしていた両手をすべりあがらせ、ふたつの胸のふくらみを裾野からすくいあげた。

「やっ……」

あわてて振り返った梨奈の口を、キスで塞《ふさ》いでしまう。今度は、小便小僧の前でした甘いだけのキスではなかった。すかさず舌を差しだして梨奈の口を開かせると、小さくてつるつるしている舌を思いきり吸いたてた。息もできない深いキスで翻弄《ほんろう》しながら、双乳をやわやわと揉《も》みしだいた。手のひらの中にすっぽり収まるような、肉まんサイズの可愛い乳房だ。

「ぅんんっ……ぅんんっ……」

梨奈が鼻奥で悶《もだ》える。月明かりに照らされた顔がどんどん赤くなり、とくに小鼻の紅潮がセクシーだ。

「……こんなところじゃいや」

梨奈がキスを振りほどいて言った。

「抱きたいなら、ホテルに連れていってください」

「ホテルに行くのはやぶさかじゃないが、こんなところ呼ばわりは心外《しんがい》だな。俺にとって大切な思い出がつまった場所だ」

「でも……」

「じゃあ、ひとつ質問をさせてくれ。いままでしたセックスで、最高だったのはどんなの？」

言いながらも、執拗《しつよう》に乳房は揉んでいる。ふくらみの先端、乳首があるあたりを触ってやると、

「んんんっ……ふっ、普通ですよ」

梨奈は鋭《するど》く身をよじりながら答えた。

「どう思われてるのか知りませんけど、わたし本当に、そんなに遊んでませんから」

「遊んでなくたって、気持ちのいいセックスをしたことくらいあるだろう？　そしてキミは、セックスが嫌いじゃない」

「それは……そうですけど……」

「教えてくれよ」

梨奈は答えない。

「野外でしたことは？」

「あるわけないじゃないですか」

「したいと思ったことは？」

また沈黙だ。

「俺もないけど……いま、したくなってる……」

ふくらんだ股間をヒップに押しつけながら言うと、

「……冗談ですよね？」

梨奈は泣き笑いのような顔になった。

「もちろん、無理やりするつもりはないよ。それは俺の流儀に反する。でも、キミだって興奮してるだろう？」

「してません。興奮なんて……」

「賭けるかい?」

水崎は梨奈の顔をのぞきこんだ。まじまじと見つめながら、両手を双乳から下にすべらせていく。ウエストからヒップ、そしてワンピースの裾へ……。

「興奮してたら、付き合ってもらうよ」

ワンピースの裾をめくりあげていくと、

「あっ、ダメ……」

梨奈はあわてたが、抵抗はできなかった。ワンピースの裾はあまりにも短く、下着を丸出しにするのに時間はかからなかった。

「やっ、やだっ……」

羞じらいに身をよじる梨奈を、水崎は後ろから押さえつけた。鉄棒と自分の体の間に挟んだので、彼女の動きを封じることはできたが、パンティを拝むことができなかった。

しかし、確実に露出している。ナチュラルカラーのパンティストッキングに透けて、何色かはわからないが、逆三角形のショーツが、股間にぴっちりと食いこんでいるはずだ。

目の前は、月明かりに照らされた小学校の校庭だった。月が太陽に変われば、子供たちが元気な声をあげて走りまわっている場所である。もしそういう状況であったなら、ませた男の子たちが全速力で駆け寄ってきて、梨奈を指差して笑うだろう。お姉さん、パンツ丸出しだよ……。

　梨奈が同じ想像をしているのかどうかはわからないが、息のかかる距離で、ふっくらした頬が可哀相《かわいそう》なくらい赤くなっていた。耳や首筋まで紅潮はひろがり、全身をわななと震わせていた。

「興奮してなかったら、おとなしくあきらめるから……ね、確認だけさせてくれよ……」

　水崎は梨奈の耳元でささやきながら、右手を彼女の下肢《かし》に這《は》わせていった。若さを誇るようなやけにむっちりした太腿《ふともも》を、極薄のナイロンが包んでいた。ざらついた感触に胸を躍《おど》らせながら、撫《な》でまわした。

　梨奈の興奮を確かめる前に、水崎自身がいても立ってもいられないくらい興奮してしまっている。

　女の太腿を包むストッキングは、どうしてこれほどいやらしい触り心地がするのだろう。いつも不思議に思うのだが、答えを導きだせたことはない。撫でまわしているうちに、考えることが面倒になっていく。理由を追究するより、触り心地に淫していたほうが、ずっと幸せなことなのは間違いない。

　梨奈は身動きひとつせず、全身をきつくこわばらせていた。

　わかっているからだろう、と水崎は思った。太腿を撫でているだけで、時折《ときおり》いやらしい熱を感じる。右手を股間に近づけていけば、湿り気をたっぷり含んだ淫《みだ》らな熱気が、ねっとりと指にからみついてくる。

「熱いよ……」

真っ赤に染まった耳にささやく。

「これは興奮してる証拠だよね?」

「そっ、そこはっ!」

梨奈は声を跳ねあげたが、その大きさに自分で驚いて、声をひそめた。

「そこは……いつも……熱いんです」

「馬鹿言うなよ。いつもこんな熱く疼いてたら、日常生活が送れない」

水崎の指が、太腿から恥丘に移動する。こんもりと盛りあがった恥丘の上で、指をなめらかにすべらせる。

「あっ……ダッ、ダメッ……」

梨奈は太腿をこすりあわせ、指の侵入を防ごうとしたが、無駄な抵抗だった。太腿と太腿の間に、中指だけを侵入させていく。女の割れ目にぴったり添え、指を折り曲げては伸ばす。ショーツとストッキング、二枚の下着越しにもかかわらず、すさまじい熱気が伝わってくる。割れ目を指でなぞるほどに、ジンジンという疼きまで感じとれそうな気になってくる。

「賭けは、僕の勝ちだね？　どうだい？　パンツを脱がせて、濡れてるのを確認するまでもないだろう？」

「ううう っ……」

梨奈は淫らに紅潮した顔を羞恥《しゅうち》に歪《ゆが》めきり、恨《うら》みがましい眼つきで睨んできた。それでもさすがに、濡れていることを否定できなかった。否定したところで、脱がされるだけだと思ったからかもしれないが。

「本当に……ここで……するんですか？」

「そういう約束じゃないか」

水崎は勝ち誇った顔で笑った。すっかりその気になっていた。もちろん、最初から野外セックスをするつもりで、深夜の小学校に忍びこんだわけではない。梨奈の反応がそそるから、したくなってしまったのだ。

「こんなところで……もし見つかったら……」

梨奈は怯《おび》えていた。不安に胸を押しつぶされそうという顔をしていた。しかし、ただ単に怯え、不安を覚えているわけではない。その一方で、しっかりと興奮していた。これから始まることに淫ら心を刺激され、おそらくショーツの中は発情のエキスでぐっしょりになっている。

先ほどまでより、ずっといい——水崎は内心でほくそ笑んだ。

男の足元を見透かしたような彼女には鼻白むばかりだったが、いまの梨奈ならひいひい言わせてやりたい。めくるめく快感で骨抜きにして、二度と生意気な口をきけなくなるぐらいに可愛がってやりたかった。

4

「可愛いお尻だな……」

水崎は梨奈からほんの少し体を離し、ワンピースをまくりあげたヒップを眺めた。

パンティの色はコーラルピンクだった。女らしい色合いが、セクシーな光沢で演出され、バックレースまでついている。

勝負下着、なのだろう。悪くない趣味だった。意外性はないが、彼女のキャラに合っている。

「やっ、やめてくださいっ……」

突きださせた尻丘の丸みを、手のひらで吸いとるように撫でまわしてやると、梨奈はいやいやと身をよじった。

「おとなしくするんだ。キミは賭けに負けたんだからね」

「でも……でも……」

梨奈は必死に身をよじり、尻を左右に振りたてる。抵抗しているというより、愛撫への反応に近かった。本気で嫌がっているなら、走って逃げだせばいいだけの話なのだ。

だが、彼女は逃げられない。このまま水崎に身を任せる不安より、期待のほうが大きいからだ。水崎の手指が太腿の間に侵入していくと、尻を振りたてるのをやめて身をこわばらせた。

「ああっ……いっ、いやっ……」

か細い声をもらしつつも、女の部分は発情を隠しきれない。先ほどより、熱気が強まり、ストッキングの股布がじんわり湿っている。

水崎は、彼女の後ろにしゃがみこんだ。目の前に、梨奈の尻が迫った。乳房のサイズは可愛らしいものだったが、ヒップはなかなか迫力がある。桃の果実を彷彿《ほうふつ》とさせるセクシャルなフォルムに、頬ずりせずにはいられない。

「あああっ！」

ストッキングとショーツを一緒にめくりおろすと、獣《けもの》じみた匂いがむわっとたちこめてきた。

「おいおい、あんまり大きな声を出すと見つかるぞ」

「ううっ……」

口を押さえてうめく梨奈の尻は、夜空に浮かぶ満月にも負けないくらい白く冴え渡っていた。水崎はごくりと生唾《なまつば》を呑みこむと、尻の双丘を両手でつかんだ。ぐいっとひろげれば、桃割れの間から女の恥部という恥部が露わになる――はずだったが、さすがの月明かりもそこまでは照らしだしてくれず、黒い闇に塗《ぬ》りつぶされていた。

その代わり、鼻腔をくすぐる匂いに意識を奪われる。

桃割れの奥からむんむんと漂ってくる湿っぽい発情臭は、可愛いタイプの梨奈の匂いとは思えないほど濃密ないやらしさで、水崎を悩殺した。芳しいフェロモンに男の本能が揺さぶり抜かれ、衝動のままに鼻面を桃割れに押しつけてしまう。

「あんんっ！」

梨奈がうめく。口を手で押さえていても、その声音《こわね》が羞恥に歪んでいることがはっきり伝わってくる。野外で、舐められているのだ。彼女の言葉を信じるなら、そんなアブノーマルプレイに興じたのは初めてらしい。

水崎も初めてだった。花見に野球観戦にビーチパーティ、酒も外で飲むと妙に旨《うま》く感じられるものだが、果たしてセックスはどうだろう。

舌を動かすと、ヌメヌメした花びらの感触に、脳味噌が煮えたぎるほど興奮した。予想を超えて、梨奈はおびただしい量の蜜を漏らしていた。濡れやすい体質なのか、あるいはアブノーマルな状況に刺激を受けているのか、とにかく舌が泳ぐほどの濡れ方で、じゅっと音をたてて啜《すす》ることさえできた。

やはり……。

彼女は発展家なのだろう。〈THE PUB〉でナンパ待ちをしているくらいなのだから、男好きの尻軽女でもおかしくない。普段なら鼻白んで、おざなりなセックスに切り替わってもいいような想念が、けれどもこのときばかりは違った。ならばいままででいちばん感じさせてやるという闘志がこみあげてきて、水崎は右手の中指を蜜壺にずっぽりと埋めこんだ。

「んんんんーっ！」

梨奈が激しく身をよじる。だが、いくら身をよじったところで、蜜壺に埋まった指を抜くことはできない。

水崎は、たっぷりと蜜をたたえた肉洞をねちっこく攪拌《かくはん》しつつ、指を鉤《かぎ》状に折り曲げた。上壁のざらついた窪《くぼ》み――Gスポットを指先でとらえ、ぐりぐりとえぐった。

「んんんーっ！　んんんんーっ！」

梨奈のうめき声が切迫していく。水崎の眼に映っているのは満月によく似た白いヒップだけだが、梨奈は眼を開ければ本物の満月を拝むことができる。ここが小学校の校庭であることをしっかりと認識しながら、Ｇスポットを責められているのである。

水崎はさらに、左手でクリトリスをいじりはじめた。可愛い顔をしているくせに、敏感な肉芽は小さな真珠くらいまで肥大していた。それをねちねちと撫で転がしつつ、Ｇスポットをえぐりつづける。奥から新鮮な蜜があふれてくる。それを掻《か》きだすように鉤状に折り曲げた指を出し入れすれば、じゅぽじゅぽと卑猥《ひわい》な音が夜闇に響く。

「ああああーっ！　ダッ、ダメッ……」

梨奈が焦った顔で振り返る。

「そっ、そんなのダメッ……そんなにしたらっ……」

すぐにでもイッてしまいそうと彼女は言いたいようだったが、水崎はかまわず愛撫を続けた。Ｇスポットとクリトリス、さらに畳みかけるように、アヌスに舌を伸ばしていく。細かい皺《しわ》を伸ばすように舌先を這わせ、禁断の器官をくすぐりまわしてやる。

「はぁあああーっ！」

梨奈が丸尻をぶるぶると波打たせる。太腿も両膝もいやらしいくらい震わせて、あえぎにあえぐ。もはや淫らな悲鳴をこらえることができず、誰もいない小学校の校庭にこだまさせている。

　このまま一度、イカせてやってもよかった。いつもの水崎ならそうしてからホテルに移動し、あたらめてゆったりとセックスを楽しむという、スマートなやり方を選択していただろう。

　しかし、いまばかりは、そんな気分になれなかった。愛撫を中止すると、立ちあがって梨奈の腕を取った。鉄棒に預けてあった彼女の上体も起こして、息のかかる距離まで顔を近づける。

「声を出しちゃダメだよ。見つかったら、大変なことになるよ。下手《へた》したら、新聞沙汰だ」

　水崎が険しい表情で言ったので、梨奈は親に叱られた少女のように身をすくめた。いまのいままで女の急所三点を同時に責められていた彼女は、髪を乱れさせて呆然としていた。

　その体から、水崎はワンピースを脱がせた。腰までまくりあげてあったので、それを頭から抜く簡単な作業だった。作業は簡単でも、結果は衝撃的だった。コーラルピンクのブラジャーが露わになると、ほとんど裸同然だった。見つかったら大変なことになるシチュエーションで、するべきことではなかった。

「やっ、やめてっ……許してっ……」

両手で前を隠し、情けない中腰になった梨奈が、すがるような眼を向けてくる。

「キミがいけないんだ」

水崎は許さなかった。

「声を我慢できるなら、立ちバックという選択肢もあった。だが、あんなにあんあんよがってるようじゃ、口を塞がなきゃ」

梨奈の片脚から靴を脱がし、ショーツとストッキングも脚から抜いてしまう。その脚を、鉄棒に引っかけた。ベルトの位置にある低い鉄棒なので、ちょうどよかった。梨奈は股間を無防備にさらけだした、片脚立ちの格好になった。息を呑まずにいられない、卑猥すぎるご開帳である。

「忘れられない夜になるね」

水崎はベルトをはずし、ズボンとブリーフをさげた。勃起しきった男根を握りしめ、正面から梨奈に迫っていく。対面立位の格好で、挿入の準備を整える。

「ああっ……あああっ……」

いよいよトドメを刺されるのだと、梨奈はいまにも泣きだしそうな顔をしている。

「いくぞ……」

水崎が低く声を絞ると、あわあわと口を動かした。その口に、キスを与えた。息もとまるような深いキスで翻弄しながら、腰を前に送りだした。

「んんんんーっ！」

結合の衝撃に、梨奈が眼を白黒させる。だが、キスで口を塞がれているので、声は出せない。代わりに、可愛い顔がみるみる真っ赤に染まっていく。水崎は彼女の腰をぐっと引き寄せ、さらに奥へと男根を送りこんだ。びしょ濡れの肉ひだをむりむりと押しのけて、ずんっ、と最奥を突きあげる。

「ぅんぐっ！　ぐぐぐっ……」

仕留めた、という手応えがあった。いくら生意気な口をきいていても、この状況になってしまえば、彼女は手も足も出ない。ましてや片脚が、鉄棒にかかっている。しゃがみこむことも、脚を閉じることもできないまま、ただピストン運動を受けとめるしかない。

水崎はゆっくりと腰を動かしはじめた。勃起しきった男根をゆっくりと抜き、もう一度入り直していく。慣れないうえにアクロバティックな体位なので、さすがにスムーズに動けない。しかし、そのもどかしさが悪くなかった。ここが小学校の校庭ということと相俟《あいま》って、ひどく新鮮である。

梨奈もそうだろうか？

他の男に抱かれるより、楽しんでくれているだろうか？

「ぅんんっ……ぅんんっ……」

しばらく抜き差しを続けていると、梨奈は自分から水崎の舌を吸ってくるようになった。薄眼を開けて、淫らに濡れた瞳を向けてきた。いよいよ吹っ切れたようだった。ならば、と水崎は彼女の背中に手をまわし、ブラジャーのホックをはずした。カップをめくりあげ、肉まんサイズの柔らかい乳房を揉んだ。

「ぅんぐっ！　ぅんぐぐっ！」

梨奈は真っ赤に腫れた小鼻から、必死に息を吸いこんでいる。どうやら、乳房がとびきり感じるタチらしい。水崎は男根の抜き差しを続けながら、ねちっこく揉んだ。先端は月明かりの下でもはっきりわかるほど淡く清らかなピンク色で、夜桜のように妖《あや》しい風情で輝いていた。

それをいじってやると、梨奈は激しく身をよじった。彼女が動けば、繋がった性器と性器が複雑なリズムでこすれあう。ずちゅっ、ぐちゅっ、と卑猥な肉ずれ音を撒き散らす。彼女の濡れ方は尋常ではなく、水崎の陰毛はおろか、玉袋の裏まで蜜が垂れてきている。

激しく動いたわけではなかった。

次第に抜き差しのコツをつかんできたが、欲望のままにピッチをあげれば、スポンと抜けてしまいそうだった。

それでも快感は高まっていく。じれったいほどのスローピッチが逆に、全身の血が沸騰《ふっとう》しそうなほどの興奮へといざなってくれる。

「すっ、すごいっ……」

息継ぎのために唇を離すと、梨奈はハアハアと息をはずませながら、蕩《とろ》けきった眼つきで見つめてきた。

「すごい気持ちいいっ……こっ、こんなの初めてっ……こんなに気持ちいいのっ……ああっ……はっ……ぅんんんーっ！」

声をあげそうになったので、水崎はあわてて唇を重ねた。舌と舌をからめあい、しゃぶりあいながら、悠然としたピッチで片脚立ちの女体にストロークを送り込みつづけた。

こんなの初めてと言いたいのは、こちらのほうだった。野外というシチュエーション、ほとんど初めて挑戦する体位——それだけのせいではなかった。生意気な口をきいていた年下の女にひと泡噴かせてやった達成感も、いまとなってはどうだってよかった。

目の前の女が、欲しかった。すでにひとつになっているのに、こんな気持ちになったのは初めてだった。もっと奥まで入りたかった。こんな不自由な体位ではなく、密着できるところまで密着して、一ミリでも深く、おのが男根を彼女の中に埋めこみたい。

水崎は衝動的に、地面についているほうの梨奈の片脚を抱えあげた。いわゆる「駅弁」の体位になったわけだが、逆の脚が鉄棒にかかっているので、思ったより体重の負荷はなかった。

これならば、自由に腰が動かせる。いままで抑えこんでいた衝動を爆発させるように、ピストン運動を送りこんでいく。月に雲がかかった。漆黒《しっこく》の闇に、パンパンッ、パンパンッ、という音が高らかに鳴り響いた。

「はっ、はぁああああーっ!」

梨奈がのけぞって声をあげる。

「むうっ!　むうっ!」

その四肢を下から貫くようにして、水崎は連打を放った。パンパンッ、パンパンッ、という乾いた音、ずちゅ、ぐちゅっ、という卑猥な肉ずれ音、それを掻き消すように梨奈が叫ぶ。

「ああっ、いいっ!　すごいっ!　はぁああああーっ!　はぁああああーっ!」

月にかかっていた雲が流れ、喜悦《きえつ》にくしゃくしゃになった梨奈の顔が見えた。もはや声をこらえる気はなさそうだった。髪を振り乱して首を振っているので、キスで口を塞ぐことも難しい。

べつによかった。クライマックスはすぐそこだった。水崎もそうだし、梨奈もそうだろう。男根は限界を超えて膨張し、蜜壺がそれを食い締めてきている。ひどく不安定な体位なのに、尋常ではない一体感が恍惚《こうこつ》へ向かう速度をあげる。水崎は渾身のストロークで、梨奈を突いて突いて突きまくった。

「ダッ、ダメッ……もうダメッ……」

「こっちもだっ……こっちも出すぞっ……」

ほとんど同時に、声を出した。

「もっ、もうイクッ……イッちゃうっ……イッちゃうっ、イッちゃうっ、イッちゃうっ……はぁああああーっ！　はあああああああああーっ！」

梨奈が先に絶頂に達し、

「もう出るっ……出るっ……おおおおおーっ！」

水崎が追いかけるように雄叫びをあげた。膣外射精できたことが奇跡に思えた。左手で五体を痙攣《けいれん》させている梨奈の片脚を抱えながら、右手でイチモツをしごきたてた。噴射した白濁液は顔より高いところまで飛んでいき、眼も眩《くら》むほど長い間、ドクンッ、ドクンッ、と発作が続いた。

第五章　秘密のセックス・ファンタジー

1

週末になれば満員電車並みに混雑するコドリー街の〈THE PUB〉も、平日は驚くくらい空いていた。時間が早いせいもあるだろう。午後四時をまわったばかりでは、普通の勤め人はまだ仕事に勤しんでいる。

八木は今日、水崎と連れだって北関東にある大学病院まで行ってきた。商談はつつがなくまとまり、しかも接待を遠慮されてしまったので、想定外の早い時間に体が自由になってしまった。会社のホワイトボードには、NR＝ノーリターンと書いてきた。営業先から直帰するという意味だから、わざわざ戻る気にもなれない。

「どっかで一杯飲んでいくか？」

帰りの電車の中で、誘ってきたのは水崎だった。

「最近ちょっといろいろあってさ、パーッとやりたい気分なんだ。たまには明るいうちから、ベロベロになってやろうじゃないか」

「俺はちっとも、パーッとやりたい気分じゃないね」

八木は唇《くちびる》を歪《ゆが》めて言った。

「だが、どこかで飲んでいくというのには、賛成票を一票投じる。すっかり先方と一席囲むつもりになってたから、今日は晩飯をつくりたくない」

「よし、じゃあどこに行く？」

「飲めればどこでも」

「焼肉？」

「男ふたりでかよ」

「じゃあ、寿司」

「所帯持ちがなにいきがってんだ。もっと予算のかからないところにしよう」

「どこだよ？」

「チェーンの居酒屋は嫌だな。照明が明るすぎる。ガード下の焼鳥屋もＮＧだ。飲んでるやつらの顔つきが暗すぎる」

「だからどこだって？」

「あそこはどうだ？　コドリー街の……」

「〈THE　PUB〉か？」

「そうそう」

「おまえ、あそこはナンパに行くところだぞ」

「いやいや、けっこうビールも旨《うま》かった。キャッシュオンデリバリーだから、明朗《めいろう》会計でもある」

「しかし……」

「反対なのか？」

八木が眼を向けると、水崎は押し黙った。しばしの沈黙の末、人懐《ひとなつ》っこい笑みをもらした。

「なんだよ？」

「実は……俺もあそこに行きたかった」

「へええ、所帯持ちがナンパに」

「いや、違う。おまえと一緒だ。あそこのビールの味が好きなんだ」

「ふーん」

八木は口の端をもちあげ皮肉な笑みを浮かべた。自分がそうであるように、水崎にしても〈THE PUB〉のビールの味が好きなわけではないだろう。

だが、それでいい。

この一週間ほど、水崎は元気がなかった。チャラ男が元気をなくしてしまうなんて、寝床から出てこない動物園のパンダみたいなものである。〈THE PUB〉の名前を出したのは、ナンパでもして気分転換すればいいという、八木なりの思いやりだった。

午後五時を過ぎるまでおとなしくビールを飲んでいると、〈THE PUB〉は次第に、ホットなナンパスポットの名に相応《ふさわ》しい雰囲気になってきた。女のふたり組ばかりが、次から次に店に入ってきた。それに対して、男の客は八木と水崎だけ。週末のように満員電車さながらになることはなく、混雑具合もちょうどいい。

まさにナンパにうってつけ、よりどりみどりの状況だった。

「この状況で声をかけないっていうのも、アホみたいな感じだな」

水崎が言い、

「かけてくりゃいいじゃないか」

八木は鷹揚《おうよう》に笑った。

「パーッとやりたいんだろう？　付き合うぜ」

「さっきと言ってることが違うじゃないか」

「君子豹変《くんしひょうへん》するんだよ。さあ、行ってこい。一杯飲んだら、俺も女の子と話がしたくなった」

「ま、いいけどね」

水崎が苦笑を残して店の中をスイスイと泳いでいく。なにしろ他には男の客がいないし、彼のルックスと場慣れをもってすれば、ナンパの成功は間違いなしだろう。

「……ふうっ」

しかし、八木の口からは深い溜息がもれた。

この一週間元気がなかったのは、水崎だけではなかった。チャラ男と違って普段からむっつりしているので目立たなかっただろうが、八木にしてもすっかり意気消沈《いきしょうちん》した状態で、目の前の仕事を機械的に片付けていた。

一週間前——。

八木は詩織とカラオケボックスに行き、オナニーを見せあった。

詩織は巻きスカートを脱いだだけだったが、パンスト姿に悩殺された。絶頂目指してあられもなく乱れはじめると、正気を失うほど興奮してしまった。その結果、後ろ手に縛《しば》られていたにもかかわらず、ソファにイチモツをこすりつけて射精まで果たした。三十年間生きてきて、あれほど衝撃的な快感というのも記憶にない。オナクラで女の子をふたり呼んだときより、性感マッサージで尻の穴に指を突っこまれたときより、熟練のソープ嬢のめくるめくマットプレイに翻弄《ほんろう》されたときより遥《はる》かに気持ちよく、ソファのビニールクロスをヌルヌルにしてしまっても、しばらくの間、立ちあがることができなかった。

だがそのあとに待っていたのは、三十年間生きてきた中で最低最悪と断言できるほどの、気まずい雰囲気だった。

詩織にしても、やりたくてオナニーをしたわけではなかった。その場のノリでエスカレートした行為の果てに、自慰《じい》でイッてしまっただけだ。

八木がようやく余韻《よいん》から抜けだして顔をあげると、詩織は美貌を苦渋《くじゅう》に歪めていた。自己嫌悪《けんお》にまみれていることは想像に難くなかった。もちろん、自分を責めると同時に、そんな状況に引きずりこんだ八木のことも、呪《のろ》いをかけたくなるほど憎悪していただろう。

両手を縛ったネクタイはほどいてくれたが、口をきいてくれなかった。眼も合わせてくれなかった。汚したソファを掃除し、カラオケボックスを出ると、さよならも言わずに別れた。

もう二度と会うことはないだろう……。

行為の最中、他ならぬ八木自身の口から、そんな言葉が出た。

『僕たちが会うのは今日が最後……ならば少しくらい恥ずかしい思いをしても、気持ちよくなったほうがいいじゃないですか』

詩織がオナニーしている姿を、少しでもリアルに眺めたくて、口走ってしまった台詞《せりふ》だった。とにかく口先で丸めこんで、下肢《かし》を隠している巻きスカートを取ってほしかった。

とはいえ、嘘《うそ》を言ったわけではない。

あのときは、二度と会わないつもりだった。

全裸になって自慰をするという、男のプライドを粉々に打ち砕《くだ》く屈辱《くつじょく》を与えられた以上、今後は詩織の顔をまともに見られないと思ったからだ。

しかし、実際に恥をさらしたあとになって、心境が変化した。自分という男は、恥をかくことに強いという事実が判明した。全裸で自慰をするどころか、尺取《しゃくと》り虫のようにソファに腰を押しつけて射精をするという赤っ恥をかいたわりには、心のダメージはそれほどでもなかった。

むしろ、その時間を共有できた詩織に対して、愛《いと》おしさを覚えた。最低最悪の姿を見せてしまったことで、魂《たましい》を奪われたような気がした。オナクラの女の子にそんな気持ちを抱いたことがないのは、金銭が介在《かいざい》しているからだ。

詩織は仕事でもないのに、オナニーを見てくれた。いや、見せあった。これほど強固な絆《きずな》を有する男女は、世間広しと言えどもざらにはいないのではないだろうか。少なくとも、自分がこの先誰かと恋に落ち、結婚するようなことがあったとしても、オナニーを見せあうような関係にはならないだろう。あんなことができたのは、詩織だからなのだ。八木にとって彼女は特別な存在になっていた。

……詩織に会いたかった。

「ダメだ……」

水崎が力なく首を振りながら戻ってきた。

「なんだい、フラれちまったのか？」

八木は気を取り直し、笑いかけた。

「そうじゃなくて……声をかけたい女がいなくてさ……」

「ええっ？」

嘘だろ、と思った。店内にはざっと二十人ほどの女がいるが、残念なタイプはほとんど見当たらなかった。年齢層は二十代から三十代。アイドルと見まがうばかりの小柄で可愛らしい女もいれば、ＣＡのようにすらりと背の高い美女もいる。女子アナふうもいれば、フェロモンむんむんの艶女系、社内でお嫁《よめ》さんにしたいナンバーワンと言われていそうなのほほん系と、タイプも各種揃《そろ》っており、食指が動かないなんてあり得ない。

だが、八木はあえて問いつめることはしなかった。

おそらく、ナンパそのものに食指が動かないということなのだろう。

正直、ホッとしてしまった。

見知らぬ女のご機嫌をうかがう心の余裕が、いまの八木にもあまりなかったからである。

2

〈THE PUB〉の前で水崎と別れた。

水崎の顔色は冴えないままだったが、これ以上おせっかいを焼くのも気が引けた。なにを思い悩んでいるのか知らないが、やつも大人の男である。そのうち自分で解決して、いつものチャラ男に戻るだろう。

八木はひとりでもう少し飲んでいくことにした。

時刻は午後六時をまわったばかり。所帯持ちの水崎とは違い、独り身の八木は、こんなに早く帰宅しても、暇をもてあますばかりなのだ。

小粋《こいき》な割烹《かっぽう》料理屋で、熱燗《あつかん》を飲りながら妙齢《みょうれい》の女将《おかみ》がつくってくれたおばんざいを食べていると、しみじみ家庭をもちたくなったが、続いてフィリピンパブで陽気なフィリピーナと騒いでいると、いまのうちにしっかり貯金をし、定年後はフィリピンに移住という手もあるなと思った。店を出たところでキャッチにつかまり、もう家に帰りたかったがキャバクラに連れていかれた。太腿《ふともも》丸出しのミニドレスを着た二十歳のギャルに身を寄せられると、やはり女は日本人に限ると思い直し、ねだられるままシャンパンまで抜いてしまった。

虚《むな》しかった。

はしゃぎすぎた反動が背中にのしかかり、敗残兵《はいざんへい》のように足を引きずりながら夜道を歩いた。駅はすぐそこだったが、帰宅する気がなくなっていた。飲み足りないわけではなく、エッチなことがしたいのでもなく、なにもかも放棄して、路上で大の字になって眠りにつきたい。

「うわっ！」

突然、胸ポケットに入れてあるスマートフォンが鳴りだしたので、心臓が停まりそうになった。八木には、深夜に電話をかけてくる人間などいなかった。ごくたまに仕事上のトラブルがあることをのぞけば、あとはJアラートが鳴るくらいのものだ。

電話の発信先を見て、もう一度驚いた。

詩織からだった。

二度と連絡は来ないと思い、こちらからすることも遠慮していたのに……。

「もっ、もしもし……」

あわてて出ると、

「いま、なにしてます？」

ひどくしっとりした声で、ささやくように問われた。

「えっ？　いまですか……出先です……ちょっと飲んでて……」

「どのあたりで？」

八木が場所を言うと、

「あら、けっこう近く」

詩織は声をはずませた。

「わたしも飲んでるから、合流しない？」

「えっ？　ええっ？」

いいんですか、という言葉を、八木はかろうじて呑《の》みこんだ。いまここで、よけいなことを訊《たず》ねるべきではない。誘われているのだから、応じればいいのだ。訊《き》きたいことがあるなら、会ってから訊けばいい。

詩織に場所を教えてもらい、電話を切るとタクシーを停めて飛び乗った。

「運転手さん！　母が危篤《きとく》なんです！　急いでください！」

伝えた目的地は病院ではなく、飲食店しかない繁華街だった。運転手は半笑いになっていたが、裏道から裏道へと猛スピードで突っこんでいき、二十分かかる距離を十分で駆け抜けてくれた。

詩織が待っていたのは、洒落《しゃれ》た造りのオーセンティックなバーだった。長いカウンターのある店で、カップルが三組ほど座っていたが、どの女もひと山いくらのかすみ草に見えた。いちばん奥の席に、大輪《たいりん》の薔薇《ばら》の花が気高く咲き誇っていたからだ。詩織はベージュのスーツに白いシャツという清楚《せいそ》な装《よそお》いだったが、そう見えた。背筋を伸ばした凜《りん》としたたたずまいで、ワイングラスを手にしている。

「おっ、お待たせしましたっ！」

息せき切って登場した八木とは対照的に、詩織は落ち着き払っていた。酔っているのかもしれなかった。いつもと変わらない表情をしていたが、眼の縁《ふち》がほんの少しだけ赤くなっていた。

「どうして連絡くれなかったのよ？」

八木が席に着くと、詩織は横顔を向けたまま言った。咎《とが》めるというより、ひとり言のような感じだった。

「いや……でも……嫌われたと思って……」

バーテンダーがやってきたので、黒ビールを注文する。詩織からの電話で酔いはすっかり覚め、喉《のど》だけがやけに渇いていた。

「べつに嫌ってないわよ。約束したじゃない、なんでも言うことをきいたら、水に流してあげるって」

「それは……そうですけど……」

その約束をしたあとに、二度と会わないからと巻きスカートを取ったのだ。詩織としては、前にした約束のほうが有効だということだろうか。ならば嬉しいが……。

黒ビールが運ばれてきたので、グラスの半分ほど一気に飲んだ。

「今日は、仕事関係で飲んでたの？」

「いえ、ひとりで……」

「へえ、ひとりで飲みにいったりするんだ。わたしと同じね」

「ひとりで飲んで……ずっと詩織さんのことを考えてました」

嘘ではなかった。陽気なフィリピーナと騒いでいるときも、二十歳のキャバクラ嬢の太腿に悩殺されているときでも、頭の片隅にはずっと、オナニーでゆき果てていく彼女のイキ顔が浮かんでいた。

「それも一緒……って言ってほしかった？」

詩織が悪戯《いたずら》っぽく笑う。

なにかがおかしい、と八木は身構えた。彼女の態度が、不自然なくらい親和的なのはなぜだ。こちらにはまだ、オナニーを見せあったあとの凍《い》てつくような気まずい空気の記憶が、ありありと残っているのに……。

「でも、本当にあなたのことを考えてた……やっぱりね、ああいうことをしちゃったから、もう顔を合わせられないだろうなって思ってたけど……なんか時間が経《た》つにつれて、会わなくなっちゃうのもったいないなあって……」

それも一緒です！　と八木は思ったが言わなかった。詩織がもっと話したそうな顔をしていたからだ。

「なんていうのかな、恋とは違うと思うのよ。ということは、愛でもない……でも、すごく親近感があるというか……これってどういう感情だろうって、ここ何日か、ずっと考えてた。出てきた答えが、同志に近いのかなって……」

「同志、ですか……」

「あなた、オナニー好きでしょ？」

八木は一瞬、息を呑んで眼を泳がせた。バーテンダーは遠くでグラスを磨いていた。隣のカップルとは三席ぶんほど間があり、彼らはおしゃべりに夢中だった。詩織は低く抑えた声で話しているので、きわどいワードが出てきても、聞き耳を立てられる心配はなさそうだが……。

「どうなの？　オナニー好きでしょ？」

「それは……まあ……」

「実はわたしも……」

詩織は遠い眼をしてつぶやくように言った。

「わたしもよくしてる……わりと子供のころから……」

オナニーをですか？　と八木はもう少しで言いそうになった。もちろんそうに決まっているから、念を押しては辱《はずかし》めることになる。

それにしても、なぜ突然、そんな恥ずかしい告白をしたのだろうか。

「要するに、昔から性欲が強いのよね。そのわりには、恋愛ベタだから、満足なセックスもなかなかできず……結局、オナニーばっかりしてる。フーゾク通いをしているあなたのこと馬鹿にしちゃったけど、わたしなんて全然……馬鹿にする資格……ない」

八木の心臓は早鐘を打っていた。胸を破って飛びだしてくるのではないかという激しさだった。

詩織がオナニー好きであるとかないとか、そんなことはどうでもよかった。それよりも、恥ずかしい告白をしてくれたことが嬉しくてならない。彼女はおそらく、恋人にだってそんな告白をしたことはないだろう。なのに自分にはしてくれた。嬉しくないはずがなかった。

「なんでこんなことを言ってるかっていうとね……」

詩織はワインで口を潤《うるお》してから、一語一語嚙《か》みしめるような口調で言った。

「この前のあれ……なんていうか……ものすごく興奮しちゃったの……最初はね、自分でも否定してた。そんなはずないって……でもやっぱり、認めないわけにはいかなかった……自分でしたり、誰かとエッチしたり、いままで経験してきた全部の中で、断トツに一位……」

チラリ、と詩織がこちらを見た。八木は息ができなくなった。

「あなたは？」

「ぼっ、僕も同じです」

「本当？」

「嘘じゃありません」

「……そう」

詩織は満足げにうなずき、うつむいた。逡巡《しゅんじゅん》しているようだった。言うべきか、言わざるべきか——彼女は前者を選択した。

「でもね、あれよりもっと……興奮しちゃうやり方もね……あるかもしれないなって……聞きたい？」

八木は息を呑んでうなずいた。詩織の様子から察するに、聞くのは勇気がいりそうだったが、かまっていられなかった。

「わたしにはね、昔からずっとあるの……オナニーするときに想像するセックスファンタジーが……それを叶えられたら……あれよりもきっと……」

八木の体は震えだしていた。黒ビールで喉を潤したかったが、手の震えに気づかれそうでグラスを取ることができない。

「叶えてもらえない？」

「ぼぼぼ僕がですか？」

「そう。恋でもなく、愛でもなく、同志であるあなたが……同志なんだから、頼んでもいいかなって……どう思う？」

「どうって言われても……」

八木は内心でがっかりしていた。やはり、恋でもなく、愛でもないのか。同志と言われて小躍《こおど》りしそうになったのは、それがいずれ恋人に格上げされるポジションだと思ったからだ。しかし同志はあくまで同志なのか……。

「ちなみに、どんなファンタジーなんでしょう？」

「それは内緒」

詩織は冷たく拒否した。

「あなたが同志で、わたしのセックスファンタジーを叶えてくれるっていうなら、なにかも話すけど……」

「……わかりました」

八木はうなずくしかなかった。恋人への格上げがなくても、セックスファンタジーというからには、セックスができるのだろう。ならば断るという選択肢はない。どんな性癖《せいへき》を披露《ひろう》されても動じない自信もある。愛する女の前で全裸オナニーまでしたのだから、もう恐れることはなにもない。

「同志として、詩織さんのファンタジーにご協力させていただきます」

詩織は悠然とした面持ちで、こちらを見つめていた。八木の答えを聞くと、ふうーっと長く息を吐きだし、ワインを飲んだ。

それから唐突《とうとつ》に、ぎゅっと八木の手を握ってきた。叫び声をあげそうになった八木の耳元に唇を近づけ、震えるほど気品のある声でささやいた。

「実はわたし、マゾなの……そうは見えないかもしれないけど、本性はドMなの……だからあなたに、調教してほしい……」

詩織にしっかり手を握られていなければ、八木は卒倒《そっとう》して、椅子《いす》ごと床に倒れてしまっていただろう。

3

タクシーでラブホテルに移動した。

後部座席に並んだ八木と詩織は、ひと言も口をきかなかった。眼も合わせなかった。しかしそれは、一週間前のカラオケボックスを出たときとはまるで違って、気まずい空気だからではなかった。

お互いに、これから起こることに身構えていた。心の中で期待と不安が拮抗《きっこう》し、けれどもほんの少しだけ期待が上まわっている状況に、言葉を発することができなかったのである。

詩織によれば——。

子供のころ、テレビドラマで誘拐犯にさらわれた少女の姿を見たときから、オナニーのおかずが「囚《とら》われの女」になったらしい。最初はロープで縛られている自分を想像しているだけだったが、長《ちょう》じていくに従って、裸に剝かれたり、大股開きを強要されたり、動きを封じられたまま性感帯をいじりまわされる方向に、エスカレートしていったという。

なんとなく気持ちはわかった。

詩織の容姿《ようし》はどう見てもドSっぽく、給湯室で後輩をいじめ倒しているお局《つぼね》さまのようだし、カラオケボックスの一件では、そんな印象を裏切らない行動に出て、全裸の八木を後ろ手に縛りあげてきた。

だが内心では、自分が縛られたかったのだ。逆に、いつも縛られることばかり妄想しているから、ああいう状況で咄嗟《とっさ》に八木の手を縛ってきたとも言えるかもしれない。SとMはコインの裏表のような関係にあり、要するに同じ欲望を別のやり方で発露《はっろ》しているだけという説もある。

とはいえ、問題がふたつあった。

被虐《ひぎゃく》の欲望はあれど、詩織はそういうプレイを経験したことがないらしい。告白したことさえ初めてとのことなので、なるほど経験できるわけがなかった。男の場合はフーゾクという手があるが、秘められた欲望を隠しもつ女は大変である。その欲望が嘘ではないことを証明するために、バーを出るとき、バッグの中をチラリと見せてくれた。

真っ赤《まっか》なロープをはじめ、未使用の大人のオモチャが大量に入っていた。ストレスが溜まると、ネット通販でつい買ってしまうらしい。見せられた八木は絶句してしまい、彼女の本気度の高さに戦慄《せんりつ》さえ覚えた。

そしてもうひとつの問題は、八木にサディスティックな性癖がまったくないということだった。どちらかと言えばMではないかと思うし、おまけにフーゾク以外で女を抱いたことがない素人童貞《しろうとどうてい》……。

「調教」を託すには人選ミスとしか思えなかったが、「だからいいの」と詩織は言いきった。自分も初めてだから、初めての人がいいらしい。むしろ、本物の調教師が出てきてしまっては怖いという。気持ちはわからないではないが……。

いずれにしろ、彼女の告白を聞いてしまった以上、なんらかの形で協力しないわけにはいかなかった。適性も経験も自信はないが、八木は詩織のことを愛していた。向こうからは「同志」という枠に嵌《は》められてしまったけれど、それでもなお、愛さずにはいられなかった。たとえ単なる性欲処理係と思われようが、ここまで気持ちが接近した異性は、いままでひとりもいなかったから……。

ラブホテルに着いた。

デリヘルを利用するときは単独で入り、店に電話をして女の子を呼ぶので、ふたりで入ったことさえ初めてだったが、ここまで来てためらいを見せては、詩織に恥をかかせることになるだろう。

気持ちなら、タクシーの中でつくってあった。怖いサディストを演じようと胸に誓った。ヘラヘラ笑いながらへっぴり腰で調教するサディストに、興奮するマゾヒストなんているわけがないからだ。

演じることは苦手ではなかった。大学時代は演劇サークルに属し、看板役者と言っていいような活躍をしていたのだ。役柄は猟奇《りょうき》殺人犯、サイコパスのストーカー、無差別テロの首謀者などで、最後にかならず殺された。それで拍手喝采《かっさい》を受けていたのだから、サディストくらいなんとかなるだろう。

「じゃあ、わたし、先にシャワーを……」

詩織が恥ずかしそうに顔を伏せながら、バスルームに向かおうとしたので、

「待ってもらいましょう！」

八木は険《けわ》しい表情で彼女を制した。

「シャワーなんて浴びる必要はない。体にいやらしい匂いを残したまま、裸になるんだ」

「えっ、でも……」

詩織は気まずさを苦笑で誤魔化《ごまか》そうとしたが、八木は笑わなかった。この部屋を出るまで、絶対に笑わないと決めていた。ますます表情を険しくし、据わった眼で睨《にら》みつけた。

詩織は頭の悪い女ではなかった。八木の表情を見て、プレイがすでに始まっていることを理解してくれたようだった。

「脱げば……いいんですね……」

八木はうなずき、ベッドに腰をおろして脚を組んだ。いまにも勃起してしまいそうだったのでそれを隠すためだったが、詩織の眼には自信満々な態度に映ったらしい。

感心したように眼を丸くしてから、そそくさとベージュのスーツを脱ぎ、白いシャツ一枚になった。パンティはまだ見えていなかったが、ナチュラルカラーのストッキングに包まれた太腿が丸見えだった。

その姿だけで、八木は勃起してしまった。見えそうで見えない露出具合がいやらしいし、恥ずかしそうに服を脱いでいる風情もいい。カラオケボックスでオナニーしたときの彼女とは、まるで別人のように羞《は》じらっている。

「ううう……」

唇を嚙みしめながら、シャツのボタンをはずしていった。前を割ると、ブラジャーが顔をのぞかせた。予想以上に大きなカップだったが、またもや彼女は、白い下着を着けていた。本当にダサい。清楚を気取りながら、妙にレースの分量が多いところが泣けてくる。

「あああっ……」

羞じらいにあえぎながらシャツも脱ぎ、詩織は白い下着の上下とパンティストッキングだけになった。下半身は一度見ているとはいえ、やはりそそる。むっちりと脂《あぶら》ののった太腿が卑猥すぎて、眼が離せない。腰を曲げてくるくるとストッキングを丸めていく仕草《しぐさ》に、胸が高鳴ってしかたがない。

「これも……脱ぐの？」

ブラジャーとパンティだけになった詩織は、両手で前を隠しながら困惑顔を向けてきた。

彼女の妄想では、まずは下着姿で縛られるのだろうか？

わかるわけがなかったが、いきなり全裸というのも芸がない気がする。八木はベッドから立ちあがり、詩織のバッグに近づいていった。ハンドバッグと、大きなトートバッグがある。大きなほうに、ＳＭグッズが大量に入っている。

「この中のものは、自由に使っていいんですよね？　いや、いいんだな？」

思わず使ってしまった敬語を直した。こちらはサディストとして調教する立場なのだから、敬語はおかしい。

「ど、どうぞ……」

詩織がおずおずとうなずいたので、八木はバッグを開けた。まずは真っ赤なロープを取りだすが、もちろん難しい縛り方などわからない。この前自分がされたように後ろ手に縛るのは簡単だが、あまり気が進まなかった。後ろ手に縛っては、腋《わき》の下を責めることができなくなってしまうからだ。

前で普通に縛ってバンザイをさせ、腋窩《えきか》丸出しの状態でベッドの柱に縛りつけよう――そう思って詩織を見ると、向こうもこちらを見ていた。視線が合った瞬間、照れ笑いを浮かべてしまいそうになり、あわてて険しい表情をつくる。

危ない、危ない……。

心の中ではいくら鼻の下を伸ばしてニヤニヤしていてもかまわないが、視線が合っても笑ってはならない。しかし、見られているのは緊張する。段取りの悪さを馬鹿にされているような気がして、思わず笑ってしまいそうになる。

すると、バッグの中にいいものがあった。

目隠しである。真っ赤なアイマスクだ。

「これを使っても？」

「え、ええ……」

うなずいた詩織の顔に、早速目隠しをした。これで彼女の視線に緊張する心配はなくなった。思わず笑ってしまっても、声さえ出さなければ誤魔化せる。

「すっ、すごいっ……怖いっ……」

下着姿で視覚をシャットアウトされた詩織は、心細さに声を震わせ、その場で少しよろめいた。

八木は彼女の両手を前で縛ると、ベッドに体を横たえ、バンザイをする格好でロープの端をベッドの柱にくくりつけた。さらに左右の足首も手と同じように縛って、こちらのロープの先もベッドの柱にくくりつける。

「どうだい、気分は？」

ベッドの上で一直線になった詩織に訊ねると、

「……へっ、変な気分」

詩織は拘束の具合を確かめるように身をよじった。それほどきつく縛っていないが、手脚の自由は完全に奪ってある。

「これでもう、僕のやりたい放題だな」

ククッ、と喉を鳴らして、八木は笑った。そういう笑いは、サディスティックな雰囲気を出すのにひと役買ってくれるので、ＯＫだ。

「体中、どこでも触りまくれる。もちろん、恥ずかしいところを見ることだってできる」

「ううっ……うううっ……」

詩織が身をよじる。まだどこにも触っていないのに、かなり昂《たか》ぶっているようだった。こちらの視線を感じているのだろうか。八木もフーゾクで目隠しをされた経験があるが、視界を遮《さえぎ》られると、相手の視線が体中を這《は》いまわっているような気になるものだ。

あるいは想像しているのかもしれない。彼女が真性のマゾならば、これからどんな目に遭わされるのかを考えて、興奮していてもおかしくない。

「さーて、どこから触ろうかな……」

八木は女体に手を伸ばしかけたが、ふと思いたって四つん這いになった。

「やっぱり、触る前に匂いだな……シャワーを浴びなかったから、体中からいやらしい匂いがするんじゃないか……」

腋窩に顔を近づけ、くんくんと鼻を鳴らすと、

「やっ、やめてっ！」

詩織は甲高い声をあげた。

「匂いはっ……匂いは嗅《か》がないでっ……」

「それは無理な相談だ」

わざとらしいほど鼻を鳴らし、腋窩の匂いを嗅ぎまわす。ほのかな汗の匂いが、たまらなくいやらしい。

「やや酸味があるのが、熟女の面目躍如ですかねえ。もしかして、軽い腋臭《わきが》ですか？」

「馬鹿なこと言わないでっ！」

「べつに気にすることないじゃないですか。詩織さんほどの美人が腋臭っていうのも、ギャップがあって萌えますよ」

それほどきつい匂いがしたわけではない。むしろ酸味より甘ったるさのほうが強かったが、いわゆる言葉責めである。

「じゃあ、もっといやらしい匂いを嗅ごうかな……」

八木は四つん這いのまま詩織の長い両脚にまたがり、白いパンティがぴっちりと食いこんだ股間に顔を近づけていく。こんもりと盛りあがった恥丘の形状がいやらしく、鼻を思いきり押しつけたくなるが、まだ我慢である。

「おおおっ、くさい」

わざとらしく言ってやる。

「まさか詩織さんのオマンコがこんなにくさいなんて……」

「そっ、そんなことっ……」

「ありますよ。今日一日、パンティの中でむれむれになってたんだから、しようがないかもしれませんがね。おまけに、タクシーの中で濡らしてたのかな。これから縛られることを考えて……」

「ゆっ、許さないわよ。そういう侮辱《ぶじょく》は許しませんっ!」

「いいんですか、そんな強気な態度で……」

八木はパンティをめくった。ほんの少しだけ、まだ恥毛も見えない程度だったが、

「いやっ! やめてっ!」

詩織は悲鳴をあげて身をよじった。

「自分の立場を忘れてもらっちゃ困りますよ。詩織さんはもう、手も足も出ない。腋臭を指摘されても、オマンコの匂いをからかわれても……」

八木はベッドをおり、バッグの中から電気マッサージ器=電マを取りだした。使ったことはないが、AVではよく見ている。コードを繋いでスイッチを入れると、ブーン、と唸《うな》るような音で振動を始めた。

その音を聞き、目隠しの下で詩織の顔がひきつる。

「これ、すごそうですよ」

振動する電マのヘッドを足の裏にあててやると、

「ひいいっ！　ひいいいいいいーっ！」

詩織は正気を失ったようにジタバタと暴れだした。

「なに足の裏をマッサージされてよがってるんですか」

八木はアハハと声をあげた。足の裏に電マをあてられただけでジタバタしている詩織の姿は滑稽《こっけい》だった。しかし彼女は、振動に反応して暴れだしたのではない。その振動が性感帯を直撃する瞬間を想像して、我を失ってしまったのである。

4

ＳＭプレイのコツは決して焦らないこと――。

経験がないなりに八木はそう考え、真綿《まわた》で首を絞《し》めるようにじわじわと、詩織を追いこんでいった。

足の裏に始まり、ふくらはぎや太腿や脇腹や腕など、直接的な性感帯でないところばかりを電マで責めること三十分。

乳房や股間には指一本触れていないのに、詩織は大量の汗をかき、白い素肌に光沢をまとった。荒ぶる呼吸で閉じることができなくなった口からは、絶え間なく声が放たれていた。性感帯にあてがわなくても、電マの刺激は強烈だから、たとえば脇腹などにあてた場合、くすぐったくもあるのだろう。

「ああっ、いやっ……いやいやいやあああっ……」

詩織は一直線に拘束された体を淫《みだ》らなまでにくねらせた。ブラジャーに包まれていても、重量感のある乳房が激しく上下に揺れはずんだ。しきりに太腿をこすりあわせてもいる。

たまらない光景だった。

アイマスクの下で、唇がやけに赤くなっていた。唾液《だえき》でヌラヌラと輝いているのだ。女は欲情すると唾液の分泌《ぶんぴつ》が盛《さか》んになるというが、すっかり欲情しているのだろうか。

八木はその唇に唇を重ね、唾液を啜りたい衝動に駆られた。だがダメだ。キスは親愛の情を示す行為だから、SMプレイには相応しくない。

「気持ちいいですか?」

八木は電マのスイッチをオフにし、詩織の耳元でささやいた。

詩織は首を横に振った。

「でも感じてるでしょ？」

もう一度、首を振る。

目隠しをしていても、彼女が困惑顔になっているのがはっきりわかった。自分が望んだセックスファンタジーとはいえ、初めて経験する目隠しと拘束に戸惑いを隠しきれない。

「次はおっぱいにあててあげましょうか？」

詩織が息を呑んで身構える。

「それともオマンコがいいかな……電マじゃなくて、直接触ったほうがいいですかね？両手でおっぱいを揉《も》みくちゃにして、物欲しげに尖《とが》った乳首をチュパチュパ吸って……」

「ううう……うううっ……」

詩織が唇を震わせてうめく。想像だけで、身をよじりはじめている。

どうやら、そろそろ頃合いのようだった。

八木は電マのスイッチをあらためてオンにした。ブーンという低い振動音を聞いただけで、詩織の体がきつくこわばる。

八木は震えるヘッドを、白いブラジャーに包まれたふくらみに近づけていった。色はダサいがカップは大きい。最低でもE、下手をすればGカップくらいありそうである。

ふくらみの裾野《すその》に電マのヘッドをあてると、

「はぁおおおおーっ！」

詩織は唾液に濡れた唇から、獣《けもの》じみた悲鳴を放った。一瞬、八木は固まってしまった。異常な声量と、彼女に似つかわしくないほどの野太い声に驚いたのだ。

しかし、考えてみれば、彼女にとっては待ちに待った刺激である。三十分以上も焦《じ》らされたうえ、ようやく与えられた……。

「はぁおおおーっ！　はぁおおおおーっ！」

まるで獣の咆哮《ほうこう》だった。八木の操る電マのヘッドは、裾野から頂点に向かって、じわり、じわり、と急な坂道を登っていく。ようやく頂点に達しようというところまで登ると、今度は逆のふくらみだ。

「ああああっ……はぁあああっ……」

詩織は激しく息をはずませながら首を振りたて、長い黒髪をうねうねと波打たせる。なぜ首を振っているのか、彼女にもわかっていないだろう。なかなか乳首を刺激してもらえないもどかしさに焦れつつ、少しでも刺激されれば正気を失ってしまいそうな恐怖と闘っているのだろうか。

八木は電マのスイッチを切り、ベッドの上に投げだした。いきなり乳首に強烈な刺激を与えるのが、もったいなくなってしまった。

「ブラジャー、はずしますよ」

詩織の上に馬乗りになり、両手を背中にまわしていく。ホックをはずしてカップをめくると、汗にまみれた白い肉房が、皿に盛られたプリンのように揺れた。

眼を見張るほど大きなふくらみに対して、乳首は小さかった。乳暈《にゆううん》の面積が極端に狭く、色は赤みの強いあずき色。

小さくても、感度は高そうだった。電マをあてていないのに、鋭利《えいり》なほどツンツンに尖りきっていた。

「いやらしいおっぱいだな……」

八木は両手で双乳を裾野からすくいあげた。とてもつかみきれないボリュームで、モチモチした弾力がある。

「あっ……んんんっ……」

指を食いこませると、詩織は顔をそむけて唇を噛みしめた。ついに直接触れられてしまった屈辱を、こらえているのだろうか。いくら刺激が強烈でも、電マは電マであり、直接の愛撫《あいぶ》とは違う。

彼女はいま、なにを考えているのだろう？　恋でもなく、愛でもない相手にねちっこく乳房を揉まれ、目隠しの下でどんな顔をしているのか。

見てみたかったが、視線を合わせる勇気はまだない。

「どっちがいいんだ？」

やわやわと乳房を揉みながら訊ねる。

「これから乳首を責めるけど、電マと……僕が吸ったり舐《な》めたりするのと……」

「……電マ」

蚊《か》の鳴くような声だったが、詩織がはっきり言ったので、八木は頭に血が昇った。そう言われたら、意地でも電マを使いたくなくなる。

ぎゅうっと乳肉に指を食いこませた。ぐいぐいと揉みしだき、先端をひときわ尖らせてから、舌を伸ばしていく。

ねろり、と舐めあげると、

「はっ、はぁおおおおおおおおおーっ！」

詩織は喉を突きだして絶叫し、八木の両脚の間で全身を跳ねさせた。ねろねろ、ねろねろ、と八木は乳首を舐め転がした。左右の乳首を代わるがわるそうしては、たっぷりと唾液をまとわせていく。あずき色の突起《とっき》がテラテラと光沢を放ちだすと、舐めていないほうの乳首を指でいじりはじめる。

八木はオナクラに嵌まる前、ずいぶんとおっぱいパブに通っていた。乳首への愛撫なら慣れたものだった。舐めては吸い、吸っては舐め、時に甘噛みまでして、詩織の口から喜《き》悦《えつ》に歪んだ悲鳴をあげさせた。電マになど、負けるわけにはいかなかった。

「ああっ、いやっ……いやいやいやっ……きっ、気持ちいいっ……気持ちよすぎておかしくなるっ……イッ、イッちゃいそうっ……乳首だけでイッちゃいそうよおおおっ……」

詩織はいよいよ、我を失いはじめていた。だがさすがに、乳首だけで絶頂に達するのは無理だろう。

八木は詩織の上からおりた。そんなにイキたいならイカせてやろうと、股間にぴっちりと食いこんだ白いパンティを見る。

「脚をひろげて」

「えっ……」

詩織は喜悦をこらえるように、逞《たくま》しい太腿をこすりあわせていた。

「イキたいなら、脚をひろげないと」

「でっ、でもっ……」

彼女の足首は、赤いロープで縛りあげられている。開きたくても開けない、と言いたいらしい。

「ちょっとはひろげられるだろ」

八木はパンティのフロント部分をつかみ、ぎゅうっと股間に食いこませた。

「はっ、はぁおおおおおーっ！」

喉を突きだして背中を弓なりに反らせ、ガクガクと腰を震わせた。

「イキたいならひろげてくださいよ、ほら……ほらあっ！」

クイッ、クイッ、とリズムをつけてパンティを引っ張りあげると、詩織は巨乳をタプタプと揺すってのたうちまわった。いやらしすぎる光景だった。指先ひとつで女体を操っている感覚に八木は眼を血走らせていったが、脚をひろげればもっといやらしい姿になるはずである。

「脚をひろげないならやめますよ。このまま放置して、僕は風呂にでも入ることに……」

「やめないでっ！」

詩織が叫ぶ。

「ひろげるからやめないでっ……あああっ……はぁあああーっ！」

歯を食いしばりながら、懸命に太腿を離していく。足首は縛ってあるので、長い両脚が縦長《たてなが》の菱形《ひしがた》になっていく。要するにガニ股だ。身も蓋《ふた》もないほどいやらしい格好だ。

詩織が身をよじりながら太腿を離していく間も、八木は、クイッ、クイッ、とパンティを引っ張りあげていた。おかげで彼女は、ガニ股になったうえ、腰をくねらせている。ようやく与えられたとびきり感じる部分への刺激を、余すことなく味わおうとしている。

「いやらしいなっ！」

八木はパンティを操りながら、ツンツンに尖りきった乳首をつまんだ。

「あああーっ！」

「詩織さんがこんなにいやらしい女だったなんて、がっかりですよ。僕は凜とした詩織さんが好きだったのに……ナンパスポットで居心地が悪そうにしている詩織さんだから好きになったのに……ひと皮剝いたらこの有様ですか。ドMなだけじゃなくて、ドスケベのド淫乱じゃないですか。オマンコにパンティ食いこまされてひいひいあえいで……」

「言わないでっ！」

詩織はほとんど涙声で叫んだ。

「そんなこと、わかってるから言わないでっ！　わかってるけど、気持ちいいのっ！　イッ、イキそうなのっ！　もうイッちゃいそうなのおおおっ……」

「ふうん、じゃあどんな顔でイクのか見てあげましょうか？」

詩織はハッと息を呑んだ、アイマスクをしていても、紅潮《こうちょう》しきった美貌が凍りついたのがはっきりわかった。

「……やめてっ！」

「はあ？　なんですって」

「そっ、それは……許して……ください……このまっ……このままイキたいっ……イッ、イカせてほしいっ……」

気持ちはわからないではなかった。アイマスクを取れば、現実と向きあうことになる。愛してもいない男に屈辱的な愛撫を受け、いまにもイキそうになっているみじめな自分がそこにいる。

だが、彼女はマゾだった。本性はドMなのだと自分で言った。ならば、嫌がることにこそ、快楽の萌芽《ほうが》が潜んでいるはずだった。

八木は愛撫の手をとめ、アイマスクに両手をかけた。

「やっ、やめてっ！　お願いしますっ！　目隠しを取らないでっ！」

「ダメですね。発情しきった詩織さんの顔が、どうしても見たいんです。じっくり拝んであげます」

八木はもう、彼女と眼が合うことを恐れてはいなかった。ブリーフの中のイチモツは痛いくらいに硬くなり、十秒もしごきたてればドピュッと白濁液が噴射してしまいそうだった。

そんな状況で、照れ笑いを浮かべる男はいない。鏡を見なくても、自分が鬼の形相《ぎょうそう》をしていることがわかる。いきり立った亀頭によく似た、恐ろしい顔をしていることが……。

「取りますよ」

「ああっ、ダメッ！　ダメえええええーっ！」

詩織の悲鳴が終わる前に、八木は彼女の顔からアイマスクを剝がした。詩織は真っ赤な顔で泣いていた。哀しくて泣いているのではなく、発情しきって泣いていたのだった。

化粧が流れ落ち、紅潮した顔をくしゃくしゃに歪めていた。それでも綺麗《きれい》だった。いや、だからこそ視線を釘《くぎ》づけにされた。世の中に、これほど魅力的な表情があるのかと思った。ＡＶでもフーゾクでも、こんなエロティックな顔は見たことがない。

八木にまじまじと顔を見られた詩織は、羞恥《しゅうち》を嚙みしめるように、眉根《まゆね》をきつく寄せていく。黒い瞳に、絶望が浮かんでいた。だが、発情の涙でねっとり濡れたその瞳は、すぐにすがるような色合いに変化した。

「……抱いて」

か細く震えた声は、けれどもとても甘かった。

「もういい……ロープをほどいて、エッチしよう……」

八木の心の中に暴風雨が吹き荒れる。この女は、いったいなにを言っているのだろう。

目隠しをはずしたらＳＭプレイは終了という取り決めなど、していなかったはずだが……。

「ぼっ……ぼぼぼ僕のチンポでイカせてほしいってことですか？」

コクコクと詩織が顎《あご》を引く。

「わたし、すごく興奮してる……生まれて初めてってくらい、欲情してる……あなたのせいよ……だから最後は……あなたに抱かれて……」

甘い声が、暴風雨の吹き荒れる胸に突き刺さる。手足を拘束された詩織は、表情だけでなにかを伝えてこようとしている。好き、という感情がひしひしと伝わってくる。真っ赤なロープをほどいてやれば、両手をひろげて抱きついてくるような気がする。彼女のほうからキスをして、舌をからめてくるだろうと、確信に近い感じで未来が予想できる。

八木も彼女を抱きしめたかった。好きな女を縛りあげ、下品な愛撫で責めたてるのは本当はつらかったと、心情を吐露《とろ》したかった。彼女は言うだろう。でも、すごく感じちゃった、と。八木は抱擁《ほうよう》に力をこめる。ならばよかったが、本当は……本当はもっとラブラブなセックスがしたかったのだと。詩織はうなずく。いまからしましょうと。キスの雨を降らせてくる。唇や顔だけではなく、全身に……最終的には、勃起しきった男根まで口に含み……。

ダメだ、ダメだ！

八木は内心で首を横に振りたてた。これは罠《わな》に違いなかった。詩織はドMで、プレイはまだ終わっていない。ここで八木が甘い顔を見せたら、いままで積みあげてきたすべてが台無しになる。劇の最中で猟奇殺人犯が愛に目覚めたら、話の筋立てがめちゃくちゃになってしまう。サディストは最後までサディストらしく振る舞わなくては、結局のところ、マゾヒストに失望されることになるだろう。目の前の甘い果実に手を伸ばしたらダメなのだ。

「ねえ、お願い……手足を自由にして……そうしたら、今度はわたしが、たっぷり愛撫してあげる……ふたりで気持ちよくなりましょう？　ねえ、お願い……ロープをほどいて……抱いて……」

「ドMのド淫乱のくせに、甘ったれたこと言ってるんじゃねえっ！」

八木は怒声をあげ、電マを手にした。スイッチを入れ、ブーンと唸るような振動音を轟かせる。

「俺のチンポでイキたいなんて、百年早いんだよ。おまえみたいないやらしい女は、これで充分だっ！」

唸りをあげている電マのヘッドを股間にあてがうと、

「はっ、はぁおおおおおおおおおおおおおおおおおおおーっ！」

今日イチすさまじい悲鳴をあげて、詩織はのたうちまわった。浮きあがって震える腰、揺れはずむ双乳、うねる黒髪……電気ショックでも受けたような有様なのに、顔だけは淫らに蕩《とろ》けきって八木の視線を奪う。眉間《みけん》に深々と刻みこまれた縦皺が、喜悦の大きさを伝えてくる。閉じることのできなくなった唇から、悲鳴が途切れることがない。セクシーだった。詩織はいま、どんな女よりもエロティックに、肉の悦《よろこ》びをむさぼっている。

抱きたかった。

セクシーな彼女と、ラブラブなエッチがしたかった。

そういう選択肢もあったのだと思うと、八木の顔は痛恨に歪んだ。

だが、これが自分の人生なのだ。大学時代の演劇サークルでもそうだった。本当は最後に殺される犯人ではなく、犯人を追いつめるヒーローを演じたかった。八木はサークルでいちばん多くのチケットをさばいていたので、手をあげればやらせてくれたかもしれない。しかし、誰も自分にヒーローなど期待していないとわかっていたから、手をあげることはできなかった。

「あぁっ、ダメッ……もうダメッ……」

詩織が眼を見開き、発情の涙を流しながら見つめてくる。

「もうイキそうっ……イッ、イッちゃいそうっ……」

「イキたいんですか？」

「ああっ、イキたいっ……イカせてっ……」

「どうしよっかなー」

八木は股間から電マを離した。刺激の仕方を、触るか触らないかぎりぎりな感じに変更した。

「ダッ、ダメッ……やめないでっ……お願いだからやめないでっ……」

「なにがお願いだよ。さっきは僕のチンコでイキたいなんて言ってたくせに、電マでもいいんですか？　イケるなら電マでも？　ええ？」

「ううう……」

詩織の眼尻《めじり》がさがる。わなわなと唇を震わせる。せつなげな顔をしているくせに、腰は絶え間なく動いている。少しでも快感を強めるために……。

「そんなにイキたいなら、こう言ってお願いしてください」

八木が耳打ちすると、詩織は呆然とした。けれども、オルガスムスを耐えるという選択肢はなさそうだった。

「イキたいんでしょ？　ほーら、ほーら……」

右手で電マを操りながら、左手で乳首をつまむ。先ほどたっぷり舐めまわしたので、彼女が左の乳首のほうが敏感なことはわかっている。爪を使ってくすぐりまわしつつ、電マを離す。離してはくっつけ、くっつけては離し、寸止め地獄をどこまでも延長していく。

「はぁあああーっ　はぁああああああああーっ！」

詩織は長い黒髪を振り乱し、紅潮した美貌をくしゃくしゃに歪めた。

「イッ、イカせてっ……もうイカせてっ……オッ、オマンコにしっかり電マをあててっ……いやらしい詩織のっ……オッ、オマンコにっ……詩織のオマンコ、電マでぐりぐりしてえええええーっ！」

耳打ちした台詞を詩織がしっかり復唱し終えると、八木は約束を守って電マで股間をぐりぐりしてやった。振動をマックスにしたヘッドを、クリトリスのあたりに押しつけた。

「はっ、はぁおおおおおおおーっ！　イッ、イクッ……もうイクッ……イクイクイクイクッ……はっ、はぁおおおおおおおーっ！」

獣じみた悲鳴をあげて、詩織はオルガスムスに駆けあがっていった。腰がいやらしいくらいビクビク跳ね、太腿が淫らに痙攣《けいれん》していた。手足を縛られているから、その姿は釣りあげられたばかりの魚そっくりで、ピチピチという音まで聞こえてきそうだった。

第六章　こんなはずじゃなかった

1

バスルームから出てきた梨奈は、裸身にバスタオルを巻いただけの格好だった。水崎はそれを、立ったまま奪った。

まぶしさに眼を細める。

何度見ても、綺麗《きれい》な裸だった。

清潔な白い肌のせいだ。橙《だいだい》色の豆球だけを灯《とも》した薄闇の中でも、彼女だけ浮きあがっているように存在感がある。誰かに似ていると思っていたが、ようやくわかった。人ではなく、西洋画で描かれる天使に似ているのだ。

「あんっ……」

梨奈を抱きしめた水崎もまた、全裸だった。梨奈がシャワーを浴びているときから、勃起しつづけていた。ここは梨奈がひとり暮らしをしているワンルームマンションだから、彼女の匂いが充満している。それを嗅《か》いでいるだけで、水崎のペニスは女を愛せる形になる。

「……ぅんんっ」

唇を重ね、舌を吸いあった。梨奈とのキスはいつも新鮮な味がする。まるでレモンのようだ。もちろん、口や舌がレモンの味がするわけではない。そういう気分になってしまうくらい、初々《ういうい》しいのだ。

キスだけではない。舌をからめあいながら乳房に手を伸ばせば、そこにも新鮮な触り心地がある。強くつかめば壊れてしまいそうな綿菓子《わたがし》のようなふくらみを、やわやわと揉《も》みしだく。綿菓子のくせに、先端は生意気なくらい硬くなる。ごく薄いピンク色をした梨奈の乳首は、彼女の体の中でもとびきり敏感な性感帯だ。軽く指で転がすだけで、身をよじる。

水崎は彼女のことを誤解していた。見立てを誤っていたというほうが、正確かもしれない。

梨奈はそれほど遊び慣れていなかった。何度か体を重ねていくうちに、気づかされた。尻が軽そうな女を演じながらも、実際には恋に臆病《おくびょう》な、真面目《まじめ》な女だった。

「ぅんあっ……」

梨奈がキスをといて見つめてきた。すっかり欲情に瞳を濡らして、足元にしゃがみこむ。もみじのように小さな手で、硬くそそり勃《た》った肉竿をつかむ。キスで濡れた唇《くちびる》を開く。唾液《だえき》のしたたる口内に、ずっぽりと咥《くわ》えこんでいく。

「むううっ……」

水崎は声をもらし、腰を反らせた。

梨奈の口は小さいから、生温かい口内粘膜《ねんまく》にぴっちりと包みこまれる。咥えているだけで大変だろうに、頭を振って唇をスライドさせ、口内で舌を動かしてくる。

決して練達《れんたつ》なフェラではない。なのに水崎はひどく感じて、身をよじらずにはいられない。と同時に、罪悪感がこみあげてくる。他の女に口腔奉仕《こうこうほうし》を受けて、そんな心境になったことはない。

これほど可愛《かわい》い子に、自分のものを咥えさせていいのだろうか……。

彼女が天使なら、罪悪感を抱いてもしかたがないかもしれないけれど……。

「もういい」

早々にフェラを切りあげ、ベッドに移動した。小さなシングルベッドだが、不満はない。ずっと身を寄せあっているのだから、広いベッドなんて必要がない。

「ああんっ……」

両脚を大きく割りひろげると、梨奈は羞恥《しゅうち》に身悶《みもだ》えた。水崎はフェラのお返しとばかりに、女の花に顔を近づけていく。梨奈の花はとても清らかで、アーモンドピンクの花びらに縮《ちぢ》れもくすみも少ない。恥毛が生えているのは、丘の上のごく狭い面積だけ。それがよけいに、清潔な印象を強める。

水崎はまぶしげに眼を細めながら、まずは花びらの合わせ目から舐《な》めていく。しっかりとシンメトリーを描いている中心に縦《たて》筋ができており、それをなぞるように舌先を動かす。

「んんんっ！」

ごく微量な刺激でも、梨奈はくぐもった声をもらして身をこわばらせる。感じやすいから、だけではなく、恥部の味を知られるのが恥ずかしいのだ。見られて匂いを嗅がれるだけでも、泣きたくなるくらい恥ずかしいらしい。

だが、クンニリグスを拒むことはない。恥ずかしさの先にある快感を、彼女は知っている。花びらの合わせ目を舌先でしつこくなぞっていれば、やがてほころんでくる。つやつやと濡れ光る薄桃色の粘膜が露《あら》わになって、蜜がしたたっているのが見える。清らかさを通り越し、食欲すらもそそりそうなほどフレッシュな眺めに、水崎は身震いを禁じ得ない。

　そのころになれば、羞恥にこわばっていた梨奈の体は快楽に打ち震えるようになる。ハアハアと息がはずみだし、腰がくねりだす。

「あああっ！　はぁあああっ……」

　花びらを口に含んでしゃぶってやれば、歓喜の悲鳴があがる。いい声だ。許されるなら録音して一日中でも聞いていたいと思いながら、左右の花びらが蝶々《ちょうちょう》のような形に開きるまでしゃぶりまわす。ひくひくと蠢《うごめ》いている薄桃色の粘膜に舌を差しこみ、奥まで丁寧に掻き混ぜてやる。

「ああっ、いやっ……あああっ、いやあああっ……」

　梨奈の悲鳴はいまにも切羽《せつぱ》つまりそうに高まっていくが、まだ早い。水崎はクリトリスの包皮を剝《む》いては被《かぶ》せ、被せては剝いた。

　恥毛の量が少ないので、よく見える。水崎は梨奈のクリトリスがたまらなく好きだ。興奮してくると、小ぶりの真珠くらいの大きさになる。これほどクリトリスが大きい女を、他に知らない。

「あううう一っ！」

　ねちり、と舌先で刺激すると、梨奈はのけぞって五体を震わせた。ねちねち、ねちねち、と舐め転がすリズムに合わせて腰をくねらせ、白い太腿《ふともも》を痙攣《けいれん》させる。小さなシングルベッドから転がり落ちてしまいそうなくらいジタバタと暴れ、淫《みだ》らな悲鳴を撒《ま》き散らす。

可愛い顔に似合わず、梨奈のあえぎ声は大きい。本人もそれを気にしているから、なんとかこらえようとするものの、無理だった。クリを舐め転がしながら指で割れ目をいじってやれば、新鮮な蜜が大量にあふれてくる。糸を引いてシーツに垂れ、シミまでつくりそうだ。声をこらえることなんてできるわけがない。

いや……。

声をこらえさせる方法なら、ひとつだけあった。ここは深夜の小学校ではなく、彼女の部屋。声を出しても管理人がやってくるようなことはないだろうけれど、ラブホテルでもない。あまり派手にあえがせすぎて、まわりの住人から白い眼を向けられたら、梨奈が可《か》哀相《わいそう》だ。

水崎はクンニを中断して、彼女の両脚の間に腰をすべりこませた。濡れた瞳で、梨奈が見つめてくる。水崎も見つめ返しつつ、勃起しきった男根をつかんで挿入の準備を整える。

見つめあいながらゆっくりとひとつになっていくこの瞬間が、水崎はたまらなく好きだった。

誰が相手でもいいというわけではない。腰を前に送り、先端を埋めこむと、梨奈は眉根《まゆね》を寄せて眼を細める。だが、決して瞼《まぶた》を完全におろさない。濡れた瞳をますます潤ませて、視線を向けつづける。

水崎は我慢できなくなり、唇を重ね、舌をからめあわせる。クンニをやめて結合したのは、梨奈に声をあげさせないためだった。彼女はまだ声なんてあげていないのに、キスがしたくてたまらなくなってしまった。

「ぅんんっ……ぅんんっ……」

舌をしゃぶりあいながら、じりじりと結合を深めていく。彼女の中はよく濡れているから、一気に最奥まで入っていくことも可能であるが、できるだけ時間をかけて侵入していく。

キスを深めていきつつも、梨奈は薄眼を開けたままで、両手で水崎の肩や腕を触ってくる。早く欲しい、と急《せ》かしているわけではない。伝わってくるのは、あなたとひとつになれるのが嬉しいという感情だ。

そんな女を、水崎は他に知らなかった。愛しあっている女とでも、いざひとつになろうという瞬間は、お互い快楽だけに気をとられているものだ。梨奈はそうではない。快楽と愛情が分かちがたく結ばれていることを伝えるボディランゲージが、抜群《ばつぐん》にうまい。

だから水崎も伝えようとする。愛していると言う代わりに舌を吸い、なるべくゆっくりと彼女の中に入っていく。迎え入れる側の彼女に負担をかけないように気遣いつつ、彼女を求めてやまない気持ちを視線にこめて見つめる。結合が深まっていくほどに、梨奈の眼つきは蕩《とろ》けていく。気持ちが伝わっているという実感を、生々しく覚えずにはいられない。

勃起しきった男根を根元まで埋めこんでも、いきなり動きだしたりはしない。栗色の髪を撫《な》でたり、肉まんサイズの乳房を揉んだり、手を繋いだりする。彼女に気を遣っているだけではなく、そうすることが心地よいからだ。

ピストン運動は射精に至るまでの単なるプロセス——水崎はいままでそう思っていた。間違っていた。そうではなく、逆に射精が単なる結果なのだと、梨奈を抱くたびに思い知らされる。

ひとつになっていることが、ただそれだけのことがこれほど満たされる行為だなんて、水崎は思っていなかった。セックスの奥深さに驚嘆《きょうたん》させられた、と言ってもいい。

だがもちろん、いつまでも動かないわけにはいかない。

我慢できなくなる。

ひとつになっただけで、それが永遠に続けばいいと思うほどの心地よさを与えてくれるのが、梨奈の体だった。動けばそれ以上の快感が訪れる。軽く抜き差ししただけで、お互いに身をよじる。それほど敏感になっている。よく濡れた梨奈の蜜壺はひくひくと収縮して、男根に吸いついてくる。抜き差しのピッチをあげていけば、肉ひだがざわめきながらカリのくびれにからみついてくる。

それを振り払うように素早く抜いて、ゆっくりと奥に入り直していく。すぐにまた素早く抜く。カリのくびれで肉ひだを逆撫《さか》でするイメージで、女体を内側から愛でてやる。

「んんんっ……んんんんーっ！」

鼻奥で悶えている梨奈は、キスをしていなければ甲高《かんだか》い声を部屋中に響かせていたことだろう。

不思議なものだった。始まりは深夜の小学校で――「駅弁」まがいのアクロバティックな体位でフィニッシュを迎えたのに、いまはこんなにもやさしいやり方に淫《いん》している。

梨奈のせいだった。

相手が替わればやり方も変わるのがセックスというものだろうが、彼女ほどそれを顕著《けんちょ》に感じさせてくれた女はいない。

やさしいやり方でも、梨奈はイク。五体の肉という肉をぶるぶると痙攣させ、水崎にしがみつきながらあられもなくゆき果てていく。

激しく動かなければ、それを何度も味わえるのだ。

腕の中で女を絶頂に導くことほど、性の悦《よろこ》びを謳歌《おうか》できることはない。三回でも四回でも、イカせてやる。オルガスムスに達すれば、さすがの梨奈も薄眼を開けていられなくなる。だが、気持ちは伝わってくる。イキながら愛していると伝えてくることのできる女もまた、水崎は彼女の他に知らなかった。

「んんんっ！　んんんんーっ！」

そろそろ最初のオルガスムスに達しそうだった。水崎は抱擁《ほうよう》に力をこめた。時間はまだたっぷりとある。これからふたりの長い夜が始まる——。

2

梨奈の住んでいるマンションから駅までの道は商店街になっている。

アーケードがあるわけではなく、道幅も狭い小さな商店街だ。夕方にはけっこうな賑《にぎ》わいになるらしいが、深夜ともなれば歩いている人はまばらだった。

それでも水崎は気になってつい言ってしまう。

「ふしだらな女に見られないかな?」

ふたりは手を繋いで歩いていた。駅まで送ってくれる梨奈と手を繋いで歩くのは、もはや日課になっていたが、まわりの眼が気にならないと言えば嘘《うそ》になる。セックスのとき、いくらキスをしながら腰を振りあっていても、完全に声を抑えることはできない。夜ごと淫らな声を響かせ、深夜になると男と手を繋いで駅まで送っていく女——近所の人たちに梨奈がそんなふうに思われてしまったら、申し訳なかった。

「べつにいいです……」

梨奈は横顔を向けたまままきっぱりと言った。

「他人にどう思われようが、わたしはわたしだし……」

ぎゅっと手を握ってくる梨奈の小さな手を、水崎も握り返す。胸が熱くなってくる。心配しているふりをしていても、本当はこの手を離したくなかった。できることなら、未来永劫《えいごう》……。

深夜の小学校でまぐわって以来、水崎は毎日梨奈の部屋を訪れていた。この二週間、一日も欠かさずにである。

どうかしている。

梨奈の抱き心地はこの世に生まれてきたことを感謝したくなるほどだったが、それだけが理由ではない。仕事が遅くなり、小一時間ほどしか部屋にいることができないときは、ただ手を繋いでいる。時間を気にしてそそくさと射精を迎えるような、そういうセックスを彼女とはしたくなかった。抱くことができなくても、梨奈の顔を見るだけで満足だった。他愛《たあい》ない言葉を交《か》わし、手のぬくもりを感じるだけで、その日一日を締めくくれる気がした。

要するに、恋に落ちてしまったらしい。

一日でも顔を見ない日があるとつらい――そこまで誰かに恋い焦がれたのは初めてだった。いままでしてきた恋が偽物《にせもの》に思えた。彼女と出会うためにいままで生きてきた気がした。これは運命だと本気で考えていた。

なのに……。

日付が変わる直前になると、水崎は駅に向かう。毎日梨奈の部屋にやってくるほど頭に血が昇っているのに、終電を逃したことはない。

勢いで半同棲に雪崩《なだ》れこんでしまうような、そういうだらしない付き合い方はしたくないんだ――梨奈にはそう言ったが、もちろん嘘だった。水崎は彼女にたくさんの嘘をついた。とくに初めて抱いたときは、真《ま》っ赤《か》な嘘ばかり並べてしまったが、あれはそれほど罪がないと思う。決して終電を逃さない理由を伏せていることに比べれば、ずっと……。

水崎は今日こそ事実を話そうと覚悟していた。

このままお互いに恋にのめりこんでいけば、傷つくのは梨奈である。真実を話すことで恋が終わってしまうのが怖いけれど、このままでは彼女を騙《だま》して抱いている卑怯者《ひきょうもの》になってしまう。

駅に着いた。私鉄の小さな駅だ。水崎は時刻表を確認した。

「終電まで、十分あるな」

その間に、話さなければならない。風が吹いていたが、寒くはなかった。水崎はその場で切りだすことにした。

「実は……隠していたことがある……」

水崎が言うと、梨奈はクスクスと笑った。

「小学校のことでしょ？」

「えっ……」

「気づいてましたよ。水崎さんがあそこの小学校の卒業生なんかじゃないって。初恋のサチコちゃんなんて、妄想の中にしかいない人でしょ？　でも楽しかったから……すごくい思い出。お月様がとっても綺麗で……」

梨奈が身を寄せてくる。

「そっ、そうか……」

水崎は苦笑するしかなかった。

「たしかにあれも嘘だったけど……」

「楽しい嘘や、美しい嘘に罪はありません」

「いや、あの……」

言葉を継げなくなった。梨奈は水崎に寄りかかり、強く手を握っている。いつものことだった。彼女の部屋で逢瀬《おうせ》を楽しんだあと、いつも駅まで送ってくれる。終電が来るまでこの場所で時間を潰すのもいつものことで、その間、梨奈はいつだって名残惜《なごりお》しそうに体を押しつけてきたり、手を握り直したりする。

付き合いはじめたばかりの恋人同士なら、よくあることかもしれない。だが、水崎には新鮮な経験だった。手練手管《てれんてくだ》ではなく、本気で一秒でも長く一緒にいたいと思ってくれているから、胸が高鳴ってしかたがなかった。

しかし、昨日も一昨日もその前も、梨奈と別れて電車に乗った瞬間、後悔がこみあげてきた。逢瀬の回数が重なるたび、彼女を思う気持ちは強くなり、そうなることで罪悪感が深まった。自分の立場を偽《いつわ》って、彼女の体だけをむさぼっている卑劣漢《ひれつかん》になりたくなかった。本気で好きだからこそ、そう思う。明日になれば、今日よりもっと好きになっている。事実を伝えることが、今日よりつらくなっている。

「……結婚してるんだ」

我ながら情けなくなるほど小さな声で、水崎は言った。

「……えっ？」

梨奈が首をかしげたのは、耳を疑うような言葉だったからか。それとも本当に、聞こえなかったのか……。

「俺は結婚してる……妻がいる……」

水崎は震える声を絞りだすように言った。

「でも、妻とはあまりうまくいってなくて……嘘偽りなく離婚を真剣に考えていて……そのタイミングでキミと出会って……」

梨奈が繋いでいた手を離す。可愛い顔をひきつらせて、一歩、二歩と後退《あとずさ》っていく。

「黙っていて悪かった……でも……本気だからこそ、こうやって事実を話していると理解してほしい。妻とは別れて、これからもキミと付き合っていたい。隠し事なんかせず、きちんと向きあって……」

自分の言葉が嘘くさくてしようがなかった。いまこの瞬間にも、何千何百という不倫カップルが、似たような会話を交わしている気がした。既婚者の男が、独身の女の気持ちを、そういう台詞《せりふ》で繫ぎとめようとする。だが、約束が実行に移されることは、まずない。結局のところ、男が愛人より家庭をとるというのが、どこにでも転がっているありがちな話だ。

ダメかもしれない、と思った。

正直に言えば、水崎は自分の立場を、梨奈が受け入れてくれると考えていた。自分の言葉を信じて、妻と別れるのを待っていてくれると……だからこそ事実を伝える気になったのだが、思いあがりも甚《はなは》だしかったかもしれない。

梨奈はショックを受けて顔色を失っている。おぞましいものでも見るような眼を水崎に向けている。

嫌われてしまったらしい。

自業自得だ、しかたがない、と苦笑をもらせるほど、水崎は諦めのいい男ではなかった。相手が梨奈であれば、胸に渦巻《うずま》いているのは未練と後悔だけだった。それでも、梨奈が拒むのなら、この関係は続けていけないと思った。妻帯者《さいたいしゃ》と付き合って傷つくのは、彼女であって水崎ではないからだ。

終電の時間が迫ってきた。

「もし……」

ありったけの勇気を振り絞って、言った。

「もし、俺が妻と別れたら、そのときはもう一度だけ会ってくれ……何年も先の話じゃないから……すぐに離婚して、俺の本気を見せるから……」

とはいえ、数日で済む話でもない。その間、梨奈に会えないと思うと、胸がざわめき、目頭《めがしら》が熱くなってくる。

「な、それだけは約束してくれ……一度だけチャンスをくれ……離婚するまで、もうキミとは会わない……だから……」

梨奈は言葉を返してくれなかった。挑むような眼でこちらを睨《にら》んでいた。嫌われるのを通り越して、憎悪《ぞうお》の対象になってしまったのかもしれなかった。見た目の印象とは違い、彼女は真面目な女だった。遊ばれるのをなによりも嫌う……。

「ごめん……」

涙をこらえきれなくなり、改札に向かおうとした瞬間だった。

梨奈が胸に飛びこんできた。

動きが俊敏《しゅんびん》だったし、なにしろ想定外のことだったので、水崎はよろめいた。転ばなかったのは、梨奈が支えてくれたからだ。驚くような強い力で抱擁し、胸に顔をこすりつけてきた。

「離婚するまで会えないなんて……そんなのいや……我慢できない……明日も明後日もその次も……わたしは水崎さんに会いたい……水崎さんが結婚してたっていい……毎日会ってくれるならそれで……」

水崎は息を呑《の》み、梨奈の背中に手をまわした。彼女に負けないような強い力で抱きしめてやりたかったが、感動のあまり腕に力が入らない。涙さえ出てくることがなく、ただ呆《ぼう》然《ぜん》と立ちつくすことしかできなかった。

3

郊外にある自宅に着いたのは、午前一時を過ぎてからだった。

ドアを開けると、家の中は真っ暗だった。さすがにこの時間では、涼子は寝てしまっただろうと思っていたが、異様な静けさだった。いつもなら玄関まで漂《ただよ》ってくる料理の匂いもしなければ、リビングの空気が妙に冷たく、先ほどまでそこに人がいたという感じがしなかった。

早々に床についたのかもしれない。それならそれでよかった。いま涼子と顔を合わせても、心が千々に乱れるだけだ。

この結婚生活を、彼女はどう考えているのか？

別れるという選択肢はあるのか？

こちらは別れたいと、いつ切りだすのか？

本当にできるのか……。

就寝前に、そんなややこしいことは考えたくなかった。ただでさえ今夜は、勇気を振り絞って梨奈に既婚者である事実を伝えたばかりだった。彼女がそれを受け入れてくれた安堵だけを胸に、安らかな眠りにつきたい。

だが、ポストから取りだしてきた郵便物を置こうとして、テーブルに残されたメモ書きが眼にとまった。

――しばらく実家に帰ります。

「……ふうっ」

水崎の口からこぼれたのは、魂《たましい》までも抜けだしていきそうな深い溜息だった。足腰に力が入らなくなり、尻餅《しりもち》をつくようにソファに腰をおろした。

なるほど自分たちは夫婦だった。

いまほどそれを強く感じたことはない。

夫が日々の生活に違和感を覚えていれば、妻もまたそうだということらしい。水崎が息苦しさばかりを感じている家で、涼子にしても快適な生活は送っていなかったのである。

水崎は笑った。無理やり声を出して。

鏡を見ればおそらく、顔中をひきつらせた滑稽《こっけい》な笑顔と対面できただろうが、持ち前のポジティブシンキングを、いまこそ発揮するべきだった。

これで離婚への道筋は整った——そう前向きに考えればいい。いまの世の中、離婚などさして珍しいことではない。相性の悪いパートナーと、我慢して一緒に暮らしていることに意味はない。世間体《せけんてい》を気にして結婚生活を続けるほうが、よほど心身に悪影響を及ぼすはずだ。

自分のためにも、そして涼子のためにも、別れたほうがいい。

なんだか、急に目の前が明るくなったような気がした。

水崎が既婚者であることを伝えても、梨奈はこの胸に飛びこんできてくれた。彼女とやり直そうと思った。結婚はともかく、梨奈と一緒にいるだけでたとえようもなく幸福なのだ。ならばその関係を大切にしたほうがいい。一刻も早い離婚は、彼女に対して誠意を示すことにもなる。

「ふふっ……ふふふっ……」

今度は無理やりではなく、腹の底から笑いがこみあげてきた。

涼子には悪いことをした。すべては自分の至らなさが原因だと、彼女の両親には頭をさげよう。それくらい、なんでもないことだ。梨奈とやり直すことができるなら、それくらい……。

冷蔵庫から缶ビールを取りだし、プルタブを開ける。渇いた喉《のど》に流しこめば、あまりの旨《うま》さに「くううっ！」と唸《うな》らずにはいられない。スーツの上着を脱ぎ、ネクタイを緩《ゆる》めた。これほどの解放感を味わったのは、いったいいつ以来だろうか。涼子がしばらく実家に帰るということは、今日からベッドを独占できるわけだ。久しぶりにぐっすり眠れそうだった。

鼻歌を歌いながら、先ほど持ってきた郵便物を仕分けした。ほとんどがダイレクトメールの類《たぐ》いだったが、一通だけよくわからないものが混じっていた。

茶封筒に、水崎の名前と住所が印字された白い紙が貼りつけられている。裏返しても、差出人は記されていない。

「なんだこりゃあ……」

封筒を揺さぶると、紙ではないものが入っているようだった。ディスクのようだ。ＣＤやＤＶＤなどの……。

眉をひそめながら封を切った。ディスクにはなにも印字されていなかった。つまりこれは市販品ではなく、誰かが個人的に送ってきたデータだ。画像か動画か音源か……。

心当たりはまるでなかった。宛先には「水崎彰彦様」としか印字されていないから、涼子宛のものでもない。

ノートパソコンを持ってきて、ディスクを挿入してみた。悪質なウイルスだったら大変なことになると思ったが、好奇心には勝てなかった。いや、単なる好奇心ではなく、嫌な予感だ。なんとなくだが、このディスクには悪い知らせが収まっている気がしてならない。

パソコンを操作し、ディスクを読みこませる。メディアプレイヤーが開き、風景が映った。動画だった。水が流れるような音も聞こえてくる。

温泉のようだった。緑豊かな自然の中にある露天風呂に、柔らかな陽光が燦々《さんさん》と差しこんでいる。

女が映った。

全裸である。膝《ひざ》まで湯に浸《つ》かって、濡れた石に腰かけていた。

「ちょっとなに？　なんで撮ってるの？」

カメラに向かって眼を丸くし、手ぬぐいで前を隠す。

涼子だった。

しかも、裸を映されているのに笑っている。驚いた仕草《しぐさ》が芝居がかっていた。本気で恥部を隠すつもりはないようだ。彼女のグラマーな体は、手ぬぐい一枚ではとても隠しきれず、横乳がはみ出している。

カメラが近づいていく。ズームではなく、撮影者も温泉に入ったようで、湯の表面が揺れている。

「勝手に撮らないでください」

涼子はカメラに向かって唇を尖《とが》らせてから、鼻に皺《しわ》を寄せて笑った。

水崎が見たこともない表情だった。

涼子という女は落ち着いた大人の女であり、逆に言えば感情の起伏に乏《とぼ》しい——水崎はそう思っていた。

しかし、動画の中の彼女は感情の起伏に乏しいどころか、キャッキャとはしゃいでいる。撮影を咎めながらも満更《まんざら》ではなさそうで、前を隠している手ぬぐいからチラリと乳首を見せたりする。

「なんだ……これは……」

結婚前に撮られたものかもしれないが、容姿《ようし》はいまの涼子とほとんど変わらない。五年も前ということはなさそうだ。結婚前に付き合っていた男だろうか。いったいなんの目的で……。

恐喝という言葉がすぐに脳裏《のうり》に浮かんだ。この動画をネットに流されたくなければしかるべき金を払え、というやつである。

可能性は少なくなかったが、いまはそこまで考えられない。

涼子のキャラが違うことに驚いてしまって、水崎は混乱しきっていた。容姿だけがそっくりな別人かもしれないと思ったくらいだが、いくら見ても涼子だった。裸を撮られても笑みを浮かべているから、やはり撮影者は元カレか……。

「手ぬぐい取って、全部見せてよ」

画面の外から、男の声がした。

「えええーっ！」

眼を丸くする涼子の表情は、まるで女子高生だった。彼女の仕事は塾講師で、女子高生を教える立場なのに……。

「いいから見せて、思い出づくりなんだから」

「恥ずかしいなあ、もう……」

涼子は眼の下をピンク色に染めながら、ゆっくりと前を隠す手ぬぐいを取っていった。たわわに実った白い肉房をカメラがとらえる。左右の先端では、乳首が赤く色づいている。

下肢まで露わにされると、優美な小判形をした黒い草むらがノートパソコンの画面に映された。

「もっとだよ」

画面の外から、男が言う。

「涼子の恥ずかしいところ、もっと見せて」

「ええっ？　えええっ？」

涼子は困惑顔でもじもじと身をよじりつつも、興奮しているようだった。いつの間にか、赤い乳首が物欲しげに尖っていた。小判形の草むらが逆立っているような気さえする。

「……こう？」

上目遣いでカメラを見ながら、脚をあげた。驚くべきことに、濡れた石の上でM字開脚を披露《ひろう》した。

アーモンドピンクの花びらが、艶《あで》やかに咲き誇った。カメラが近づいていく。モザイク処理もないまま、花びらの色艶《つや》や縮れ具合まで接写する。

昼間の温泉である。

涼子は明るい部屋でのセックスを嫌がるし、クンニリングスも苦手と言ってさせてくれないから、水崎が彼女の恥部をまじまじと見たのは、いまこのときが初めてだった。

「もっと見せて……」

画面の外から聞こえてくる男の声は、あきらかに上ずっていた。明るい場所で涼子の恥部を見て、欲望をたぎらせているのだ。

「もっと?」

小首をかしげた涼子の顔は、成熟しきったボディといやらしすぎるポーズにまるで似つかわしくない、無邪気なものだった。

「ひろげて見せて……」

「……こう?」

涼子の白い細指が、股間に向かった。中指と人差し指を割れ目の両脇に添え、ゆっくりと開いていく。

逆Vサインの間からこぼれでたのは、つやつやと濡れ光る薄桃色の粘膜だった。太陽光を浴びているせいか、ゼリーのような透明感があった。

「見える?」

涼子が上目遣いを向けているのはカメラだが、いま眼が合っているのは水崎だった。体の震えがとまらなかった。

付き合う相手が替われば、自分のキャラクターも変わる——男と女はそういうものなのかもしれない。だが、あまりにも変わりすぎである。限度を超えている。水崎が知っている涼子とは、まるで別人としか言い様がない。

もちろん、こちらが本性なのだろう。

水崎の前で涼子は、ずっと仮面を被りつづけていたのだ。どういう理由でそうしていたのかはわからないが、本性を隠していたことは間違いなかった。

4

とても素面《しらふ》ではいられず、水崎は棚からシングルモルトのボトルを出し、ストレートで飲みはじめた。

昼間の露天風呂で、女の恥部という恥部を露わにした涼子は、次第に眼つきがおかしくなっていった。上目遣いが媚びるようになり、物欲しげに唇を舐める。逆Vサインをキープしたままの白い細指が震えだし、薄桃色の粘膜は透明感を増していくばかり……。

カメラが急に動いた。映ったのは男根だった。

「……して」

男が言い、湯が揺れる音がする。涼子がフレームに入ってくる。水崎には見せたことがない蕩けるような眼つきをカメラに向け、白い細指を男根にからめる。すりすりとしごきたてる。唇を大きく割りひろげ、ずっぽりと咥えこんでいく。

「……うっ、嘘だっ！」

水崎は思わず叫んでしまった。グラスを持った手が震えすぎて酒がこぼれたが、かまっていられなかった。

「ぅんんっ……ぅんんっ……」

涼子はカメラを見上げながら、唇をスライドさせている。口唇から抜いては愛おしげに亀頭を舐めまわし、また咥える。口内でたっぷりと唾液を分泌しているのだろう。じゅるっ、じゅるるっ、と卑猥な音をたてて、唾液ごと男根を吸いたてる。

練達のフェラチオだった。

見ているだけで腰が浮きあがってしまいそうになるほど、いやらしすぎる口腔奉仕だ。涼子は本来、こんなにもうまく男根を愛撫《あいぶ》することができる女だったらしい。水崎には一度もしてくれなかったのに……曲がりなりにも正式に籍を入れている夫には、「苦手」のひと言で男根を触ろうともしなかったのに……。

涼子はやがて、「むほっ、むほっ」と鼻息を荒げながら、口腔奉仕に淫していった。舐めしゃぶることが悦びであり、自分も興奮すると言わんばかりの熱烈なフェラだ。

「いいよ……気持ちいいよ……」

画面の外で男が言えば、涼子はさも嬉しそうに眼を細め、裏筋をチロチロと舌先でくすぐる。玉袋まで口に含み、どこまでもいやらしい手つきで男根をしごきたてる。

急に画面が暗くなった。

和室が映っている。

おそらく、露天風呂が部屋についている温泉宿なのだろう。

涼子は湯上がりのピンク色に染まった素肌を濡らしたまま、四つん這いになっていた。

布団の上に移動しても、まだしつこく男根をしゃぶっており、口のまわりが唾液でネトネトに濡れ光っている。カメラがよく揺れるのは、それを構えながらフェラをされている男が、喜悦《きえつ》に身をよじっているからか。

「もう欲しいよ……」

男が言うと、涼子がうなずき、またがっていった。阿吽《あうん》の呼吸で、騎乗位の体勢を整えていく。

「ああっ……」

男根に手を添えてみずからの股間に導いた涼子は、正視しているのがつらくなるくらい、顔を淫《みだ》らに蕩けさせた。薄眼を開けてカメラを見下ろしながら、ゆっくりと腰を落としていった。

その表情もまた、水崎を傷つけた。

夫婦の閨房《けいぼう》で彼女は、薄眼を開けて見つめてきたことなどない。いつだって「ぎゅっ」と音がしそうなほどしっかり眼をつぶっている。

梨奈とのセックスで、水崎はセックスの最中に見つめあう重要さに気づかされた。梨奈がこちらを見つめていれば、水崎にしても眼をつぶることはできない。それまでは、ピストン運動のピッチがあがってくると、水崎自身も眼を閉じていた。梨奈は間違いに気づかせてくれた。

セックスは見つめあいながらするものなのだ。誰を抱いているのかしっかり認識し、その相手に興奮できないセックスは、虚《むな》しい。瞼の裏に別の女を思い浮かべて腰を振るなら、手淫と同じだ。

「んんんんーっ！」

涼子が最後まで腰を落としきった。ぎりぎりまで細めた瞼の向こうで、黒い瞳がいやらしいくらい潤《うる》んでいる。眉根を寄せて、腰を動かしはじめる。グラインドさせるほどに眉《み》間《けん》の縦皺は深くなり、息がはずんでいく。

「あああっ……はぁあああぁーっ！」

涼子の口から甲高い悲鳴があがると、水崎は握りしめた拳を震わせた。彼女のあえぎ声を聞いたのは、これが初めてだった。水崎に抱かれているとき、涼子は歯を食いしばって声をあげるのをこらえていた。

なぜなのか……。

ぎりりと歯噛《はが》みする水崎をよそに、涼子は肉の悦びに溺《おぼ》れていく。腰の動きが、グラインドから前後運動へと移行した。クイッ、クイッ、と股間をしゃくる要領で、リズムに乗っていく。腰振りのピッチがあがってくると、豊満な双乳が激しく上下にバウンドした。圧巻の騎乗位だった。

そういえば、水崎は涼子と騎乗位で繋がったことがなかった。彼女が正常位以外の体位を嫌がるからだ。本当は「もう欲しいよ」のひと言で男にまたがり、腰を振りたてる女だったのに……。

気がつけば勃起していた。

屈辱《くつじょく》を噛みしめているはずなのに、痛いくらいに硬くなっていた。

「揺らしすぎだ」

男が険しい声で言った。水崎には意味がわからなかったが、涼子は紅潮《こうちょう》しきった顔でうなずいた。せつなげに身をよじりながら、両手を胸に伸ばしていった。ピンと尖った赤い乳首を、親指と人差し指でつまみあげた。

「あああーっ！　はぁあああああーっ！」

みずから乳首を刺激したことで、涼子の腰使いは熱烈になっていく。喜悦に歪《ゆが》んだ悲鳴を撒き散らし、ずちゅぐちゅっ、ずちゅぐちゅっ、と耳を塞ぎたくなるような肉ずれ音がたつ。

啞然とするような光景だったが、男はまだ満足していないようだった。

「脚をあげろ」

命じられた涼子は、左右の乳首をつまんだまま、片膝ずつ立てていった。身をよじる動きも艶やかに、男の上でM字開脚を披露した。

結合部が丸見えになった。

アーモンドピンクの花びらが、いきり勃つ男根にぴっちりと吸いついていた。

「あああっ……はぁあああっ……」

涼子は腰を上下に動かしはじめた。女の割れ目を唇のように使って、男根をしゃぶりあげていく。

M字開脚の中心に、太々とした男根が刺さっていた。涼子が漏らした蜜を浴びてまがまがしい黒光りを放ち、女の割れ目を貫いている。

「ああっ、いいっ！」

涼子が髪を振り乱してあえぐ。

「きっ、きてるっ……奥まできてるっ……はぁあああっ……いちばん奥まで届いてるうぅうーっ！」

ずちゅっ、ぐちゅっ、ずちゅぐちゅっ、と音がたっても、羞《は》じらうこともできずに顔をくしゃくしゃにして乱れる。自分で左右の乳首をつまんだまま腰を上下させる姿が、この世のものとは思えないほど卑猥である。

「下も触ってごらん」

男の声に、涼子の頬がひきつる。

「早く触るんだ」

「ああぁっ……ああっ、いやあっ……」

涼子は身悶えながらも、右手を股間に伸ばしていった。濡れた草むらを掻《か》き分けて、なにかを探しはじめた。

水崎は思わず眼を凝《こ》らした。左手を乳首に残したまま、涼子の右手は草むらの奥に沈んでいく。

「はぁあああーっ！」

目視できなくても、涼子の指がなにをとらえたのかはわかった。クリトリスに違いない。夫婦の閨房で頑《かたく》なに声を出すのをこらえていた妻はいま、左手で赤く色づいた乳首をつまみ、右手でクリトリスをいじりまわしながら、股間を上下に振りたてていた。M字開脚の中心で黒光りを放つ男根をしゃぶりあげながら、あられもなく声を撒き散らしていた。

ショックだった。

涼子はなぜ、自分に抱かれても反応しようとしなかったのか？

そして、この動画を送ってきた者の目的はいったい……。

謎は深まっていくばかりだったが、ノートパソコンの画面に映ったあまりに卑猥な光景を前に、水崎の思考回路はショートしてしまった。

我慢できなくなり、ズボンとブリーフをおろして、勃起しきった男根を握りしめた。この状況で自慰《じい》などすれば、よけいに自分が傷つくことはわかりきっていた。もはや自傷《じしょう》行為だった。それでもしごきはじめると、気が遠くなりそうな快感が、体の芯を走り抜けていった。

眼だけは頑なに見開いていた。

パソコン画面の中で、涼子も薄眼を開けている。

妻と視線が合っていた。

ぶつかりあい、からまりあって、身も心も昂ぶらせてくる。

「あああっ、ダメッ……イッちゃうっ……もうイッちゃうっ……」

紅潮した顔をくしゃくしゃに歪めて、涼子が切羽つまった声を出す。

「イッてもいい？　先にイッても？　ああっ、イクッ……もうイッちゃうっ……イクイクイクイクッ……はっ、はぁおおおおおおおーっ！」

獣《けもの》じみた悲鳴をあげて、涼子はオルガスムスに達した。ビクビクと腰が跳ねあがり、それが波及するように身をよじりながら五体の肉という肉を激しく痙攣させた。

これがあの涼子か……と啞然とするほど激しい絶頂だった。

あまりに激しく動きすぎて、男根がスポンと抜けた。

次の瞬間、草むらの下から、なにかが噴射した。

潮だろうか？

あるいは失禁したのか？

涼子は放出しながらひいひいと喉を絞ってよがり泣き、やがて事切《こと き》れたように布団に崩れ落ちていった。

第七章　瘦《や》せ我慢

1

黒服を着た店員が、怪訝《けげん》な表情でこちらを見ていた。

「注文いいかな?」

八木は涼しい顔で言った。

「生ビールふたつ、カルビにロースにタン塩にハラミ……全部一人前ずつでいいや。あとキムチの盛り合わせとサンチュね」

「かしこまりました」

去っていく店員の背中を見送りながら、八木は胸底でほくそ笑んだ。

彼があんな表情をするのも無理はない。

八木が通されたのは四人掛けのボックス席なのだが、連れの女と並んで座ったからだ。

いくらラブラブのカップルでも、焼肉屋で堂々とそんなことをする客は珍しいのだろう。だが、八木には並んで座らなければならない事情があった。

注文した品が運ばれてくると、

「あのう……」

隣に座った詩織が、怯《おび》えたような顔で訊《たず》ねてきた。

「まずなにから焼きましょうか？」

「普通はタン塩だろうね。味が薄いものから食べるのがセオリーじゃないか。いちいち聞くなよ、そんなこと」

八木は冷たく言い放つと、乾杯もせずにビールを喉《のど》に流しこんだ。

「焼きすぎには注意してくれよな。ちょっと赤いのが残ってるくらいで食えるから。焼きすぎて硬くなったら台無しだ」

「はっ、はい……」

詩織は真剣な面持《おもも》ちでトングをつかみ、網にタン塩を並べていく。いつか彼女は言っていた。会社の飲み会で焼肉屋に行き、女性社員が当然のように焼く係を押しつけられるのは辛抱《しんぼう》ならないと。

だがいまは、焼いてくれている。焼けたらレモン汁をつけ、八木の口まで箸《はし》で運んでくれる。八木はあーんと口を開いていればいいだけだ。このために、隣同士に並んで座らなければならなかったのである。

もぐもぐと口を動かしながら詩織を見る。水色のワンピースを着ている。清楚《せいそ》である。好感がもてる装《よそお》いだ。しかし褒《ほ》め言葉を口にすることはない。むしろ不機嫌そうに睨《にら》みつけてやる。なにか粗相《そそう》があったのかと、詩織は身を縮《ちぢ》みこませながらカルビを焼きはじめる。

「パンティを脱いでくれ」

八木が言うと、

「ええっ?」

詩織は驚いた顔でこちらを向いた。

「獣《けもの》くさい肉を食ったら、パンティの匂いが嗅《か》ぎたくなった。早くしてくれ」

「わっ、わかりました……」

詩織がトイレに立とうとしたので、

「ここで脱ぐんだよ」

八木はドスを利かせて睨みつけた。詩織の向こうは壁だった。通路側には八木が座っている。背もたれが高いので、こっそり脱げばまわりに見つかることはないだろう。

「じょ、冗談ですよね？」

「そう思うかい？」

八木は真顔で睨みつけ、詩織の手からトングを奪った。

「さっさと脱がないと、今日はもう解散にするぞ。いいのか、それでも」

詩織が怯えきった顔で首を振る。

「じゃあ、早く脱げ。カルビが焼ける前にな」

トングでカルビをひっくり返しながら言うと、詩織は顔面蒼白《そうはく》になった。しかし、彼女は八木に逆《さか》らえない。腰を浮かせ、ストッキングから脱いでいく。ワンピースなので、普通のスカートよりは脱ぎやすいはずだった。パンプスを脱いでストッキングを脚から抜き、続いてパンティも脱いだ。

「……ど、どうぞ」

テーブルの下でこっそり手渡されたそれは、黒いレース製だった。以前、三十七歳にもなって純白の下着を着けているなんてダサすぎると言ったところ、色のついた下着を着けるようになった。ピンクにもベージュにも花柄にもダメ出しをしてやったが、黒はなかなかいい。

「エロいじゃないか」

ニヤリと笑いかけてやると、

「ありがとうございます」

詩織は真《ま》っ赤《か》になって頭をさげた。もじもじと尻を動かしながら。いきなり焼肉屋でノーパンを強要され、ひどく心細そうである。

八木は手の中に黒いレースのパンティを押しこみ、鼻先にもってきた。胸いっぱいに鼻から息を吸いこめば、ほのかに鼻腔《びこう》をくすぐる女の匂いに陶然となる。

「カルビ」

「はっ、はいっ！」

詩織が網からカルビをとって、ニンニクたっぷりのタレにつけたそれを、八木の口に運んでくれる。

八木は咀嚼《そしゃく》しつつ、パンティの匂いを嗅いだ。思った通り、カルビとニンニクに、女の匂いはよくマッチした。食欲と性欲は、実は似たようなものなのかもしれない。どちらも生まれながらに備わった本能だ。

だが……。

本能なんて動物にもある。

横柄《おうへい》な振る舞いで詩織を支配しつつも、八木は心で泣いていた。

本当はこんなことはしたくないのだ。人間らしく恋心をときめかせ、愛する彼女とラブラブなムードをつくりたい。焼肉だって自分で焼いて、詩織に食べさせてあげたい。あーんと口を開けて、甘えてほしい。そうすればこちらも、あーんと口を開けることに罪悪感をもたないですむ。お互いに食べさせあって、店員の見ていない隙をついて、チュッとキスをするのだ。パンティの匂いを嗅ぐのではなく……。

しかし、詩織はそういう関係を望んでいなかった。

身も心も自分を支配してくれるサディスト――彼女が八木に求めているのは、そういう男だった。やれと言うからやっているけれど、この茶番はいったいいつまで続くのだろう。詩織もそのうち飽きるだろうと思っていたのに、いっこうにその気配がないまま、もうひと月以上もこんな状況が続いている。

普通の恋人同士になってもらえませんか？

彼女と一緒にいると、五分に一回はその台詞が喉元までこみあげてきた。

言ったら、彼女はどう反応するだろう？

だったらもう会わない……。

十中八九、そう冷たく言い放たれる気がした。勝算が一、二割では、試しに言ってみる気にもなれない。

「あのう……」

詩織がか細く震える声をかけてきた。

「なんだい?」

八木はイラッとした表情で睨みつける。

「わたしも……お肉を……いただいてよろしいでしょうか?」

「勝手に食べろよ。まったくトロい女だな。一緒に焼肉屋に来てるんだから、食べていいに決まってるだろ」

言いながら、心の中で滂沱《ぼうだ》の涙を流す。愛する女を、そんなふうに蔑《さげす》みたくない。だが蔑まれた詩織は怯えた素振《そぶ》りを見せつつも、性的な興奮を隠しきれず、ノーパンの尻をもじもじ揺すって悦《よろこ》ぶのだ。

2

いったいどうして、こんなことになってしまったのだろう?

すべての始まりが、ひと月前のSMプレイにあることは間違いない。夜中にバーに呼びだされて彼女の性癖《せいへき》を告白され、そのセックスファンタジーを叶えるためにラブホテルに行ったのだ。

八木は頑張った。学生時代、演劇サークルで培《つちか》った演技力だけを頼りに、嗜虐《しぎゃく》の性癖などありもしないのにサディストを演じきった。

以前カラオケボックスでオナニー合戦をしたとき、詩織は「何度でもイケる。三回はイカないと満足しない」というようなことを言っていたはずだが、手足の拘束と電マの破壊力の前に、たった一度のオルガスムスで半失神状態に陥《おちい》ってしまい、十分以上ぐったりしたまま動かなかった。

眠ってしまったのかもしれないと思った八木は、彼女の手足に巻きつけた真っ赤なロープをほどいた。しかし、布団をかけようとするとムクリと起きあがり、両手で顔を隠してそそくさとバスルームに逃げこんでいった。

八木は所在《しょざい》がなくなった。

股間のイチモツはズボンを破りそうな勢いで勃起していたので、一瞬、オナニーをしてやろうかと思ったが、詩織に見つかったらものすごくバツが悪そうなのでやめておいた。

自分の乱れた服を直し、ソファに脱ぎ散らかしてあった詩織の服もきちんと畳み、ベッドまで丁寧にメイクし直した。

時刻は午前二時に近かった。

終電はとっくに出ているので、タクシーで帰るしかないだろう。部屋には泊まり料金で入っていたが、明日も仕事である。自分はともかく、詩織は帰してやったほうがいい。

やがて、詩織がバスルームから出てきた。

裸身にバスタオルを巻いただけの格好に、ドキリとする。みずからのセックスファンタジーを叶え、半失神状態になるほどイッたせいか、表情もひどく色っぽく、八木は思わず顔をそむけてしまった。

「もう遅いから、帰りましょう」

できるだけ、そっけなく言った。プレイの雰囲気《ふんいき》を引きずったり、プレイの内容についてあれこれ言うのは野暮《やぼ》だった。たまにオナクラにそういう女がいるが、せっかくのいい気分を台無しにされ、怒りに駆られる。

「かっ、帰るの?」

「帰りますよ。明日も仕事でしょう?」

「そっ、そうね……」

詩織は八木に背中を向けてバスタオルを取り、そそくさと下着を着けた。

そういうことは脱衣所でやってくれないかっ! と怒鳴《どな》りそうになった。やけにそそる後ろ姿だったせいで、おさまりかけていた勃起が見事に復活して、むしゃぶりついていくのをこらえるのに往生した。

詩織が準備を整えると、一緒に部屋を出た。そのホテルがあったのは淋しい裏通りだった。あたりは丑三《うしみ》つ時に静まり返っていた。

「わたし、感動しちゃった……」

詩織が腕にしがみついてきたので、八木の心臓は跳ねあがった。

「あなたって、生粋《きっすい》のドSだったのね」

「……違うと思いますけど」

「違わない。わたし、頭がおかしくなりそうなほど興奮したもの。ううん、いまでもちょっとぼうっとしてる。余韻《よいん》で……」

「ならよかったですけどね」

「それにね……」

ぎゅっと腕をつかまれた。

「自分はイッてないのに、ホテルを出てきちゃったでしょう。バスルームから出たら、今度はあなたのために、普通のエッチが始まると思ってたのに……」

そうだったのかよっ！　と八木は胸底で絶叫した。なんならいまからホテルに引き返してもよかったが、詩織は話を続けた。

「でも、普通のエッチをされたら、ちょっと興醒《きょうざ》めだったかも。せっかく長年のセックスファンタジーが叶ったのに、その余韻が消えちゃっただろうし……わたしが『抱いて』って言っても、拒んだじゃない？　あれもね、すごく興奮した。わたし、あれほど甘い声で、男の人に媚《こ》びる感じで『抱いて』なんて言ったことないんだから……本当に抱かれたかったの。あなたの腕の中で、めちゃくちゃにされたかった……でも、あなたは拒んだ。ドSの役割をまっとうしてくれた……嬉しかった……」

濡れた瞳で見つめられても、八木は苦笑いするしかなかった。どう答えていいかわからなかったからである。

「ご主人さまって、呼んでもいい？」

「はあっ？」

「ごめんなさい。突然そんなこと言われても困るわよね。でも……でも、もしあなたさえよければ、いまみたいなこと、またしてほしいな。いまはね、まだ終わったばかりだからこんなふうに淡々《たんたん》と言ってるけど、たぶん明日になったら……あなたのことばっかり考えてると思う。あなたにしてもらったこと最初から最後まで思いだして、自分でオナニーしちゃったりして……会いたくて会いたくて、たまらなくなると思う……」

「いや、まあ、べつにいいですけどね。そんなに気に入ってもらえたなら……」

「ホント？」

「ええ、はい……」

「嬉しい……すごい嬉しい……」

詩織は噛みしめるように言いながら八木の腕にもたれ、タクシーが走っている大通りに出ても、しばらくの間、そのまま歩きつづけた。

それから、週に二回ほどのペースで会い、ホテルに行った。プレイは徐々にエスカレートしていき、最初は密室に入ってから、詩織の「ご主人さま」扱いが始まる感じだったのが、いまでは待ち合わせた瞬間からプレイが始まり、あえてぎゅう詰めになっている週末の〈THE PUB〉に行き、尻を撫《な》でまわす痴漢《ちかん》プレイをしたり、先ほどのように、焼肉屋でパンティを脱がす辱《はずかし》めをしたりしている。

だがしかし、いくら「ご主人さま」扱いをされたところで、八木の心は凍《い》てついていくばかりだった。電マの刺激に慣れた詩織は、たった一度のオルガスムスで半失神状態に陥ることなく、三度も四度もイケるようになったけれど、八木は射精を我慢しなければならない。濃厚な愛撫で女をイキまくらせ、その姿を目の当《ま》たりにしているにもかかわらず、こちらはズボンとブリーフをおろすことすらしていない。

射精を求めた瞬間、詩織に失望されることを恐れていたからだ。射精をせずに彼女だけイキまくらせれば、「ドSの役割をまっとう」したことになり、詩織に尊敬される。

八木は詩織のことが好きだった。逢瀬《おうせ》を重ねるほどに、彼女に対する強い愛情を自覚せずにはいられなかった。

似たもの同士だからだ。手足を拘束され、電マやオモチャで性感帯という性感帯をまさぐり抜かれ、言葉責めで侮辱《ぶじよく》されながらあられもなくゆき果てていく詩織は、オナクラでの自分とそっくり同じだった。

歪《ゆが》んでいる。

だが、歪んでいる同士なら、歪んでいる部分がぴったり合うような気がして、八木は詩織に恋い焦《こ》がれるのだ。

普通の恋人同士になれないだろうか？

そんなにＳＭプレイが好きなら、いくらでも協力するので、こちらが求めるラブラブな関係にも、ちょっとは付き合ってもらえないだろうか？

……たぶん無理だろう。

似たもの同士だからこそ、よくわかる。

性欲処理の相手と、愛する相手は別物なのだ。八木にしても、オナクラの女に恋をしたことなどない。金銭の介在したクールな関係だからこそ、思いきり恥をかけるし、恥をかいていることに興奮することができる。

詩織も一緒だろう。八木のことを異性として意識していないからこそ、ドMの本性をさらけだせるのである。

ならばもう会わない、と言えないのがつらいところだった。

会えないくらいなら、性欲処理係でもなんでもいいから、この関係を続けたい。あられもなくゆき果てていく詩織の姿を、一回でも多く拝みたい。

八木の苦悩は深かった。

3

焼肉屋を出ると、八木のマンションに向かった。

さすがに週二回も会っているとホテル代の負担が大きいし、八木のマンションは防音設備がついている。音楽家や音大生が住むための物件なのだが、八木はピアノやヴァイオリンを嗜《たしな》むわけではなく、物音に異常なほど神経質なのである。壁の薄いマンションで、隣から話し声が聞こえてきたりしたら、絶対に眠れない。その点、いまのマンションはすこぶる快適だった。そういうシチュエーションを予想していたわけではないけれど、グランドピアノを弾《ひ》きまくっても音が外にもれないくらいなので、女のあえぎ声などいくらあげても問題ない。

それに……。

詩織が部屋に通ってくるようになってから、ＳＭプレイ用の用具をいろいろと取りそろえていた。中にはラブホテルにもないようなものまである。ドＳでもないのにいったいなにをやっているのか、我ながら頭が痛かったが、一度凝《こ》りはじめると、凝りまくらずにはいられないのが、八木という人間だった。

「どうぞ」

部屋のドアを開いた。

「……お邪魔します」

うつむき加減で入ってきた詩織を玄関に残して、八木はひとり短い廊下を進み、リビングに向かう。

１ＬＤＫの部屋はかなり広い。リビングが十五畳あるし、家具がほとんどないからだ。ソファとローテーブルがあるだけで、食事も晩酌《ばんしゃく》もすべてそこですませている。ガランとした空間で静寂に身を沈めているのがなによりのストレス解消なので、テレビもオーディオも置いていない。

そんな中、異彩を放っているのが、ぶら下がり健康器である。最近、通販で買ったものだ。ぶら下がって健康になろうとしたからでも、懸垂《けんすい》をして筋肉増強を目論《もくろ》んだからでもない。

詩織をぶら下げるためだ。

ベッドで手脚を伸ばした一直線の体勢にするより、立ったまま両手を吊ったほうが、見た目も綺麗《きれい》なら、愛撫の自由度も高いと思ったからである。

実際、そうだった。

普通はどんな家でも、ぶら下がり健康器は壁際に置くものだと思うが、後ろから前から責められるように、八木の部屋ではリビングの中央に置いてある。おかげで導線がめちゃくちゃになり、夜中にトイレに起きるとかならず頭や足をぶつけ、自己嫌悪《けんお》でやりきれなくなるが、詩織はこれを見ただけで、あそこを少し濡らしてしまう。

「……ご主人さま、失礼します」

詩織がリビングに入ってきた。彼女が服を着ていていいのは、玄関まで。靴を脱いで部屋にあがるときには、全裸になることを義務づけている。しかし、いつまで経《た》っても、前屈《かが》みで恥部を隠すことをやめない。

「なんだその格好はっ！」

八木はドSの仮面を被った。

「ここに入ってくるときは、パリコレのランウェイを歩くみたいな感じで、颯爽《さっそう》と胸を張れって言ったじゃないか」

「すいません……」

詩織がおずおずと気をつけをする。豊満な乳房も、黒々とした陰毛も露《あら》わにしているが、まだ猫背になっている。

「背筋を伸ばすっ！」

尖《とが》った声とは裏腹に、爪を立てたフェザータッチで、くすぐるように背中を撫でる。敏感な詩織はそれだけで身をよじりはじめるが、

「はっ、はいっ……」

必死になって背筋を伸ばし、ただでさえ大きな胸を前に迫《せ》りださせる。砲弾状に迫りだした乳房に、息を呑《の》まずにいられない。

「今度約束を破ったら、マン毛を剃《そ》るからな」

詩織の顔がひきつる。

「僕は本当にやるぞ。最近パイパンが流行《はや》ってるみたいだが、マン毛がなくなるとだなあ、温泉とかスーパー銭湯とかに行ったとき、お婆ちゃんにジロジロ見られて恥ずかしい

ぞ。いいのか、それでも」

「……許してください、ご主人さま」

「だったら、言いつけはきちんと守ることだ。手を出して」

差しだされた詩織の両手に、布製の手錠を嵌《は》める。マジックテープで着脱できる優れもので、これさえあればロープを使わなくても簡単に女体を拘束できる。

最初こそ詩織所有の真っ赤なロープを使っていたが、素人が見様見真似でロープで拘束すると、血をとめてしまう恐れがあると知ってやめた。布製の手錠なら幅が広いので血をとめにくいし、いざというときすぐにはずせる。

ぶら下がり健康器の上部にある横棒にはフックを取りつけてあり、手錠の鎖《くさり》をそこにひっかけるだけで、詩織はバンザイの状態で身動きがとれなくなる。

「何度見ても、いい眺めだな……」

八木は長い溜息をつくように言った。

「おっぱいは大きいし、腰はしっかりくびれてるし、尻は垂れてなく、太腿《ふともも》はムッチムチ。おまけに手脚が長くて、肌の色は雪のよう……完璧だな」

「……あっ、ありがとうございます」

「馬鹿もんが。褒めてるわけじゃない。見てくれは完璧なくせに、中身は哀《かな》しいくらいド

Mのド淫乱だって言いたいんだ」

「……すいません」

「まあ、いいよ。今日はちょっとばかりむしゃくしゃしてるからな。いつもよりきつーいやつをお見舞いしてやる」

「……よろしくお願いします」

「なにがよろしくだ」

八木は舌打ちをしつつ、上着のポケットから黒いレースのパンティを出した。焼肉屋で脱がせたものである。先ほどこれに、特別な仕掛けをした。焼肉屋のメニューにとろろがあったので、それを注文し、詩織がトイレに行っている隙をついて、パンティのクロッチにたっぷりと塗りたくっておいたのだ。

「足をあげろ」

八木は山芋風味のパンティを、詩織に穿《は》かせた。両サイドを引っ張りあげ、ぎゅうぎゅうと股間に食いこませた。

「ああっ……くぅううっ！」

詩織は身をよじりながらも、不思議そうな顔をしている。山芋のことなどつゆ知らない彼女は、ノーパンでここまで来たのにあらためてパンティを穿かせるなんてどういうことかと思っているに違いない。

八木はかまわず、先に進んだ。山芋の効果が現れるのは、少々時間が経ってからだろう。

「今日はドライとウエット、どっちがいい？」

「……ドライでお願いします」

「いやらしい女だな。ドライのほうが刺激が強いものな」

八木は、ＳＭ用具の入ったバッグから、習字用の極太筆を取りだした。ドライというのは、これを使ったくすぐりプレイだ。ちなみに、ウエットだとマッサージオイルを用いる。

「どこからやってほしい？」

極太筆を鼻先に突きつけて訊ねる。新品を何度も湯通しし、柔らかくしてある。

「……胸」

「言うと思ったよ」

八木は鼻で笑いつつ、たわわに実った乳房を、裾野《すその》のほうから筆で撫ではじめた。すうっ、すうっ、とごく軽いタッチで、下から上に隆起《りゅうき》をなぞりあげる。

「うっ……くううっ……」

頂点ぎりぎりまで筆を這《は》わせても、乳首にはまだ触れない。触れそうになるたびに、詩織は息を呑んで身構える。早くもハアハアと息がはずみだす。

八木はじっくりと時間をかけて、首筋や脇腹や腋窩《えきか》を筆で刺激していった。詩織は基本的に長い睫毛《まつげ》を伏せているが、時折《ときおり》チラリと視線を向けてくる。なにか言いたげに口をパクパクさせる。

「どうかしたか?」

とぼけた顔で訊ねると、

「いっ、いえっ……」

詩織は首を横に振ったが、あきらかにいつもとは様子が違った。太腿をこすりあわせ、軽く足踏みまで始めている。

山芋が効いてきたのだろうか?

確認したい欲望をぐっとこらえて、八木はさらに筆を踊らせる。

「あううっ!」

乳首をくすぐってやると、詩織はまっすぐに吊りあげられた肢体《したい》をうねうねと波打たせた。

バッグの中に用意されている筆は一本きりではない。八木は左右の手に持ち、二刀流で両の乳首を責めたてた。さすがにそこは敏感な性感帯なので、いままでとは反応がまるで違う。呼吸が切迫し、みるみる顔が紅潮《こうちょう》していく。腋窩に汗が浮かんでくると、八木は舌を伸ばして舐《な》めあげた。

「あああーっ！　はぁあああああーっ！」

筆と舌では刺激の質にギャップがあるから、されているほうはたまらないらしい。ねろねろと腋窩を舐めつつ乳首を筆でくすぐれば、詩織の顔の紅潮は耳から首筋までひろがっていく。

さらに八木は、乳首まで舐めはじめる。片方を口に含みながら、片方を筆でくすぐりまわす。それを交互に繰り返せば、詩織は喉を突きだして悶絶するばかりになる。

「あっ、あのうっ！」

にわかに声を跳《は》ねあげた。愛撫によがっている声ではなく、焦った声で訴えてきた。

「おっ、おかしいっ……体がっ……」

「なにがおかしいんだ？」

「あっ、あそこがっ……あそこが痒《かゆ》いっ……」

「あそこじゃわからんなあ……」

八木は相手にせず、二本の筆を下肢に這わせていく。しきりにこすりあわせている太腿の表面を、さわさわと撫でまわす。

「かっ、痒いっ！　痒いですっ！」

「だからどこが？」

「……オッ、オマンコ」

「ハハハッ、オマンコが痒いなんて、いったいどこまでいやらしい女なんだ」

「いっ、いつもと違う感じで……」

「いーや、いつも通りにいやらしいよ」

筆で股間を撫でてやると、

「はっ、はぁあああっ……」

詩織は全身をくねらせ、情けないへっぴり腰になった。もちろん、両手を頭の上で吊られているから、極端に尻を突きだすことはできないが、限界まで腰を引いて筆から逃れようとする。

「どうしたんだ？　痒いんじゃないのか？」

「あああっ……あああっ……」

詩織は眼を見開いて首を振る。くすぐられれば、よけいに痒くなるらしい。

「なっ、なにかっ……ショーツになにか塗ったんですか？」

「さあね」

八木は相手にしなかった。ぶら下がり健康器には足元にもいくつもバーがついている。詩織の片足をそこにのせ、股間をひろげさせる。

「ねえ、答えてっ！　ショーツに……ショーツになにか塗ったんでしょ？」

「生意気な口をきくんじゃないっ！」

八木はバッグからヴァイブを取りだし、詩織の口に突っこんだ。

「うんぐううーっ！」

さらに姿見《すがたみ》を詩織の前に立て、みじめな姿と向きあわせる。八木は彼女の背後で仁王《におう》立《だ》ちになり、左手で乳房を揉みしだきながら、右手で筆を操った。片足をあげることで開かれた股間には、黒いレースのパンティが食いこんでいる。その股布の上から、女の割れ目を筆でなぞる。下から上に、上から下に……。

「うんぐっ！　うんぐっ！」

詩織はパンティ一枚の裸身をくねらせて悶絶した。股間を守るために片足をおろそうとしたが、無駄な抵抗だった。八木は左手で後ろから片脚を抱えあげ、先ほどより大胆に股間を無防備な状態にした。

「うんぐっ！　うんぐぐううううーっ！」

ヴァイブを口唇に突っこまれている詩織は、鼻奥で悶《もだ》え泣くことしかできなかった。無防備な股間を筆でくすぐられるほどに、可哀相《かわいそう》なくらい美貌は紅潮していき、やがて脂《あぶら》汗《あせ》でテラテラと濡れ光りだした。

鏡に映った彼女は、まさしくドMのド変態……。

「眼を開けて、よーく見てみろよ。こうされたかったんだろう？　みじめな格好で、たっぷり恥をかかされたかったんだろう？」

鏡には、詩織の背後にいる八木の顔も映っていた。眼をギラギラさせた鬼の形相《ぎょうそう》をしていた。表情とは裏腹に、筆を持った右手の動きはねちっこく、執拗《しつよう》に割れ目をなぞっている。

しかたがなかった。

いまの八木にとって、唯一できる愛情表現が、彼女をいじめることなのだから……。

4

「たまらないみたいだな……」

言葉とともに熱い吐息を耳に吹きかけてやると、詩織はぶるるるっと身震いした。その体は山芋クロッチと執拗な筆愛撫によって生々しいピンク色に染まっていた。サウナにでも入っているかのように体温もあがり、びっしょり汗をかいている。そのおかげで、乳房を揉めばヌルヌルと素肌がすべり、ドライなプレイなのにウエットな感触を伝えてきた。

愛撫は三十分以上続いていた。

詩織はすでに我慢の限界をとっくに超えているようだった。口唇からヴァイブを抜いてやると、唾液《だえき》が顎《あご》から胸元に向かって糸を引いた。

「おっ、お願いっ……」

振り返って見つめてくる。

「両手をっ……両手を自由にしてっ……」

「自由にしてどうする？」

詩織は唇を噛みしめる。

「かっ、痒いのっ……痒くて痒くて、頭がどうにかなりそうなのっ……」

両手を自由にしてもらって、パンティが食いこんでいる部分を掻き毟《むし》りたい――そういうことらしいが、それは正解であって正解ではない。

彼女は掻痒《そうよう》感に身をよじると同時に、欲情もしている。尋常ではないほど女の蜜をあふれさせていることは、匂いでわかる。クロッチ経由で付着したとろろを、流してしまうくらい濡らしていてもおかしくない。

つまり、あそこを掻きたいだけではなく、自慰《じい》をしたいのだ。掻き毟りながら、オルガスムスをむさぼりたいのだ。

イカせてやってもよかった。

黒いレースのパンティを穿かせたまま、電マで一回。パンティを脱がせて、ヴァイブで一回。ぐったりした詩織をベッドに移動させ、電マとヴァイブのコラボでさらにもう一、二回……それが八木の想定していた今夜のシナリオだった。とろろの効果がどれほどあるのかは未知数だが、痒さによって刺激が倍増すれば、それ以上の回数、イキまくってもおかしくない。

だが……。

すべてがシナリオ通りに進んでいるのに、八木の心は虚《むな》しさだけに支配されていた。鏡に映った詩織は発情しきって、濃厚なエロスを振りまいているから、八木は激しく勃起している。ブリーフの中で硬くなりすぎて悲鳴をあげ、先走り液でヌルヌルになっている。

抱きたくてたまらなかった。

自分の欲望を満たしてしまえば、いまの関係が壊れる――そうとわかっていても、これ以上辛抱しつづけたら、こちらのほうがどうにかなってしまいそうだった。

「ねえ、痒いっ……痒いのっ……」

汗まみれの裸身をくねらせている詩織の正面にまわり、両手で顔を押さえた。視線と視線が火花を散らしてぶつかった。すがるように見つめてくる詩織を、眼光鋭《するど》く見つめ返した。

「我慢できないのか？」

詩織は半開きの唇をわなわなさせながらうなずく。

「……ぅんんっ！」

唇を奪った。乳首や腋窩を舐めたことはあるけれど、キスをしたのは初めてだった。キスはごくノーマルにしてもっとも手堅い愛情表現であり、アブノーマルなＳＭプレイに似つかわしくないと思っていたからだ。

「ぅんんっ……ぅんんっ……」

八木は舌を差しだし、詩織の口の中に侵入していった。発情しきった彼女はそれを拒まず、ねっとりと舌をからめてきた。八木は詩織の舌をしゃぶりまわし、唾液を啜《すす》った。彼女も啜り返してきたので、唾液を交換するようなキスになった。甘い味がした。これが愛の味だったらいいのに、と思った。

「我慢できないか？」

キスをやめて、あらためて問う。詩織はコクコクと顎を引く。眼つきが蕩《とろ》けきっていた。キスをする前とは、ほんの少しだけ表情が違った。ただ痒みや欲情に悶えているだけではなく、愛情が伝わってくる気が……。

錯覚かもしれなかった。

きっとそうなのだろう。

だが、八木はもう、ドSの仮面を被っていることに、心の底から疲れ果ててしまった。一度でいいから、詩織とまともに愛しあいたかった。たとえこの関係が潰《つい》えてしまってもいい。錯覚に酔いしれ、刹那の快楽に身を委ねたい。

「こっちもっ……こっちだって、もう我慢できないよっ！」

詩織を吊っている状態から解放し、手錠をはずした。汗ばんだ手を取って、奥にある寝室に向かった。

「えっ？　ええっ？　どっ、どうしたの？」

想定外の展開に、詩織が声を上ずらせる。八木は彼女をベッドに横たえた。そのベッドも、詩織がこの部屋に通ってくるようになったから、キングサイズに替えたのだった。

所在なさげにもじもじしている詩織を横眼に、八木は服を脱いで全裸になった。隆々《りゅうりゅう》と反り返った男根を見て、詩織は眼を見張り、大きく息を呑んだ。股間の痒ささえ忘れたように、呆然《ぼうぜん》としている。

八木はベッドにあがり、詩織から黒いレースのパンティを奪った。獣じみた匂いがむんむんと立ちこめてくるのを感じながら、彼女の両脚の間に腰をすべりこませていった。

詩織はなすがままになっていた。八木の突然の乱心に、金縛《かなしば》りに遭《あ》ってしまったのかもしれない。

ただ眼を見開いて、八木を見ていた。八木は勃起しきった男根をつかみ、切っ先を濡れた花園にあてがった。一瞬、とろろが脳裏をよぎった。生で挿入したら自分のものも痒くなるだろうかと思ったが、かまっていられなかった。

「いっ、いくよっ……いきますよっ……」

詩織は顔をひきつらせるばかりで、言葉を返してくれない。このまま欲望に負けて貫けば、失望されるだろう。ドS失格の烙印《らくいん》を押され、二度と会ってくれることはなくなるに違いない。

それでも欲しかった。

詩織とひとつになりたかった。

腰を前に送りだし、挿入を開始した。

「あああーっ！」

むりむりと中に入っていくと、詩織は顔を歪めて悲鳴をあげた。欲しくて欲しくてしかたがなかったはずの刺激である。内心では失望しているかもしれなかったが、体は反応した。したたかにのけぞって、小刻みに震えだした。男根を根元まで挿入すると、そこを通じて女体の震えが伝わってきた。

「あああああーっ！　あああああーっ！」

叫び声をあげる詩織に上体を被せ、抱きしめた。汗まみれの彼女の体を感じた瞬間、目頭が熱くなった。ずっとこうしたかったのだ。電マだのヴァイブだの筆だの、そんなものではなくて、自分の体で彼女を感じさせたかった。

腰を動かした。

自分のものとは思えないほど大きく膨張している男根を、ゆっくりと抜き、また入り直していく。詩織の中は奥の奥までヌルヌルになっていた。にもかかわらず締めつけはきつく、入り直していくたびに貫いている実感がある。ずちゅっ、ぐちゅっ、と音がたつ。欲望がつんのめり、ピッチがあがっていく。ずぼずぼと連打を放てば、詩織もじっとしていられなくなる。

「あああああーっ！　はぁあああああああーっ！」

喉を突きだしながら両手を八木の背中にまわし、しがみついてきた。望むところだった。八木は抱擁に力をこめ、女体が浮きあがる勢いで突きあげた。詩織の体は不思議だった。突いても突いても、さらに奥まで入っていける気がする。いちばん奥はとても狭くなっていて、そこに亀頭をねじこめば、気が遠くなりそうな快感が押し寄せてくる。

「ああっ、いいいっ！　オチンチン硬いっ！　硬くて大きいっ！　おかしくなるっ！　こんなのおかしくなっちゃうっ！」

たまらなかった。

詩織が我を失ってよがり泣けば、八木の腰使いにも熱がこもる。もっとよがらせてやると、怒濤《どとう》の連打を送りこんでいく。熱狂が熱狂を呼び、呼吸も忘れて突きまくる。詩織も下から腰を使ってくる。いやらしいほど身をよじらせて、性器と性器をねちっこくこすりあわせる。

八木は夢を見ていた。

いま腰を振りあっている女は、愛しあっている恋人だ。

これだけ求めあっているのだから、愛しあっていないわけがない。

だがその夢は、射精をすれば終わりを告げる。

ならば射精などしたくなかった。

いまこのときが永遠に続けばいいと願っても、現実はいつだって残酷だった。激しく突いていれば、当然のように射精の予兆がこみあげてくる。心は射精を拒んでいるのに、体は射精を求めている。その衝動はいっそ暴力的と言ってもいいくらいで、意志の力ではコントロールできない。肉の悦《よろこ》びにいざなわれるまま、抜き差しのピッチだけがあがっていく。濡れた蜜壺にぴったりと密着されながらも、肉傘が開いていっているのがわかる。カリのくびれに肉ひだがからみついてきて、泣きたくなるくらい気持ちいい。射精などしたくないのに、フルピッチで抜き差ししてしまう。

「しっ、詩織さんっ……好きだっ……好きだあああっ……」

いましか言えない——そう思い、胸に溜めこんでいた感情を爆発させた。

「ずっとこうしたかったたっ……本当はＳＭなんかじゃなく、ずっとこうやって抱きしめたかったあああっ……」

それは魂の咆哮《ほうこう》だった。言った瞬間、熱い涙があふれだした。

「わたしもっ……わたしも好きよっ……」

詩織が薄眼を開けて返してくる。

「八木さんのことが好きっ……愛してるっ……」

嘘でも嬉しかった。だが、それ以上嘘を言わせるのがつらくて、八木はキスで口を塞《ふさ》いだ。舌を舐めまわすと、詩織も同じようにしてくれた。だが、それは長くは続かなかった。

「ダッ、ダメッ、もうダメッ……」

キスを振りほどいて、詩織は叫んだ。

「もうイキそうっ……イッちゃいそうっ……」

「イッて……イッてください……」

八木は腰を振りたて、渾身のストロークを送りこんでいる。詩織が言ってこなければ、こちらが先に我慢の限界を伝えていただろう。

「あなたもイキそう？」

八木がうなずくと、

「中で出して……」

詩織はせつなげに眉根を寄せてささやいた。

「今日は大丈夫だから……大丈夫な日だから中で……あああああっ……はぁあああああああーっ！」

言葉は喜悦の悲鳴に遮《さえぎ》られ、腕の中で激しく身をよじった。必死にしがみつきながら、ガクガクと腰を震わせた。汗にまみれてヌルヌルになった肢体を躍動させ、詩織は絶頂への階段を猛スピードで駆けあがっていった。

「イッ、イクッ……もうイクッ……イッちゃう、イッちゃう、イッちゃうっ……はぁああっ……はぁおおおおおおおおおおーっ！」

ビクンッ、ビクンッ、と腰を跳ねあげて、オルガスムスに達した。爆発した快楽に、五体を揉みくちゃにされている。

その詩織を貫いている八木は、驚嘆した。これが本物のセックスなのかと思った。ならばいままでフーゾクで経験してきたあれこれは、ままごと遊びのようなものだった。イキまくる女体に男根を埋めこんでいる歓喜は、筆舌《ひっぜつ》に尽くしがたいものだった。男に生まれてきてよかったとしか言い様がない、女体との一体感に頭の中が真っ白になり、体中が震えだす。

「こっちもっ……こっちも出るっ……」

「ああっ、出してっ！」

詩織が身をよじりながら叫ぶ。

「中で出してっ！　いっぱい出してっ！　わたしの中にいっぱいっ……」

「おおおおーっ！」

八木は雄叫《おたけ》びをあげ、フィニッシュの連打を開始した。

「もう出るっ……出るっ……おおおっ……うおおおおーっ！」

ずんっ、と最後の一打を打ちこむと、下半身で爆発が起こった。ダムが決壊したように、煮えたぎる粘液がドクドクと放出された。あまりの気持ちよさに、八木はしつこく腰を使った。射精は長々と続いたので、脂汗を流しながら抜き差しを続けなければならなかった。中途半端なところでやめる気にはなれなかった。息が切れ、眼がかすみ、意識が途切れそうになるのをなんとかこらえて、最後の一滴まで詩織の中に漏らしきった。

5

見慣れたはずの天井が、妙によそよそしく感じられた。

八木はベッドの上に大の字になっていた。

何百メートルも全力疾走したかのようにはずんでいた呼吸が、ようやくおさまってきた。

おさまらなければいいのに、と思った。おさまれば、現実と向きあわなければならない。いや、現実ならまだいいが、地獄が待っているかもしれない。まさに天国から地獄である。

だがそれは、自業自得。八木はみずからの判断で、ドSの仮面を脱ぎ捨て、詩織を抱いたのだ。後悔はしていなかった。男がこうと決めて行動したのだ。どんな結果が出ても、潔《いさぎよ》く受けとめるしかない。

隣の詩織も、呼吸が整ったようだった。そちらに顔を向ける勇気はないが、ハアハアとはずむ呼吸音は、もう聞こえなかった。

「これで僕はお払い箱ですね……」

よそよそしく見える天井に向かって、言葉が力なく舞っていく。

「ドSを演じきったほうがいいことは、わかってました。わかっていて、僕は禁を破りました。失望され、見放されても当然だと思ってます……」

「どうして禁を破ったの？」

詩織の声はひどくさっぱりしていた。これは終末の序曲だと震えあがった。いつもの彼女なら、事後は湿っぽくて甘ったるい声をしている。

「どうしてって、詩織さんが好きだからですよ……好きだから、普通に愛しあいたかった……そもそも僕はドSでもなんでもないし……」

「わたしもドMなんかじゃないわよ、本当は」

詩織が身を寄せてきたので、八木は彼女を見た。ひどく楽しげな笑みを浮かべている。

「ドMじゃないって……ドMじゃないですか。ぶら下がり健康器にぶら下げられて、ひいひいよがってるんですから」

「それは相手があなただからよ」

クスクスと笑いながら、詩織は続けた。

「べつに普通にベッドに誘ってもよかったの。カラオケボックスでオナニー見せあって、わたしは本当に興奮したし、ソファに股間を押しつけながら射精してるあなたを見て、可愛《かわい》いって思っちゃったから……でも、なんとなく普通に誘いづらくてね、嘘をつきました。囚《とら》われの女がセックスファンタジーとか……まさかあなたが、あんなに真面目《まじめ》に付き合ってくれると思わなかったから……だって、女を拘束して好き放題にできるのよ？　絶対途中でSMプレイなんかどうでもよくなって、体を重ねてくると思ってたけど……予想外にあなたは、ドSを最後まで演じつづけて、自分の射精は我慢してまでわたしに奉仕《ほうし》してくれて……何回会ってもその調子だったでしょう？　あなたがノリノリでサディストをやってないことくらい、ちゃーんとわかってたのに。なのにあなたは、わたしのことをドMだと思って、ぶら下がり健康器買ったりして……これはもう我慢くらべだって、わたしも覚悟を決めたもの」

「じゃあ……それじゃあ、いままでのは全然気持ちよくなかったんですか？」

「ううん……」

詩織は首を振りながら、八木の腕に顔をこすりつけてきた。

「ものすごく気持ちよかった。会うたびにあんなにイキまくらされたことなんて、わたしないもの。あなたが素直になるまでもう少し時間がかかったら、本物のM女になっちゃったかもしれないわね」

八木は、にわかに言葉を返せなかった。詩織はドMではなく、八木はもちろんドSではない。それが事実であるとすれば、とどのつまり、自分たちはいったいなにをやっていたのだろうか？

「わたしもたいがい不器用だけど、八木くんには負ける。負けても悔しくないけど……わたしより不器用な人がいてくれて、逆に嬉しい……」

詩織は八木の上に馬乗りになると、うっとりと眼を細めて見つめてきた。

「好き」

キスをされた。

「あなたも言って」

「好き……です……」

「本当？」

「嘘じゃありません」

「わたしを彼女にしてくれる？」

八木はうなずいた。ヘッドバンギングのように何度もうなずいてしまったのは、感極まって言葉が出てこないからだった。

「じゃあ、これからはラブラブなエッチをしましょう。わたしも本当は、そっちのほうが好きだから……」

八木は答える代わりに詩織を抱きしめ、唇を重ねた。見つめあいながら舌をしゃぶりあい、唾液とともに情熱を行き来させた。

まさかのハッピーエンドだった。自分の人生に、こんな瞬間が訪れるなんて信じられず、八木はほっぺたでもつねりたくなったが……。

そのとき、下半身で異変が起こった。

ペニスが痒かった。

百匹の蚊《か》に刺されたような尋常ではない掻痒感に、キスなどしていられなくなった。

詩織も眼を泳がせて、もじもじしはじめる。同じ症状が出たらしい。

「あなた……わたしのショーツになにを塗ったの？」

「とっ、とろろ……」

「信じられないっ！」

夜叉《やしゃ》のように眼を吊りあげた詩織に手を引かれ、バスルームに向かった。あわてておお互いに陰部を洗い流したが、痒みはいっこうに治まってくれなかった。

「なんでとろろなんて塗ったのよ、もうっ！」

詩織は怒りながら笑っていた。

「すいません……焼肉屋のメニューにあったので、つい……」

八木は泣きながら笑っていた。陰部の痒さに身をよじり、地団駄《じだんだ》を踏みながらも、幸せを噛みしめずにはいられなかった。

第八章　嫉妬《しっと》してるんでしょ？

1

「とにかく、言葉を失うようないやらしい動画なんだ……」

梨奈の部屋で、水崎は身を乗りだして話している。

「ＡＶのハメ撮りってわかるかな？　監督が男優とカメラマンも兼任して、女優と一対一で撮影するやり方のことなんだけどね、まあ、ＡＶでも見たことがないくらい衝撃的だった……本気でセックスして、本気でイッてるから……そのイキ方がまたすさまじくて……」

思いだせば、わなわなと体が震えだす。騎乗位で腰を振りながら、自分の手で乳首やクリトリスを刺激し、絶頂に達するなり潮を吹いたクライマックスには度肝《どぎも》を抜かれた。涼子はいつも、夫婦の閨房で声を出すことすら我慢していた。水崎は男としての自信を失いかけた。

「それで、その動画を送ってきたのは誰だったと思う？」

梨奈が首をかしげる。

「妻だよ。自分の恥ずかしい動画を、自分で送ってきたんだよ。俺はてっきり、浮気相手の男が恐喝目的で送ってきたと思ってたから、卒倒《そっとう》しそうになった」

水崎は深い溜息をついた。

「だが、うまいやり方かもしれないって、いまは思う。何十時間話しあいを重ねるよりずっと簡単に、俺の気持ちは切れたからね。切れるに決まってるよ、あんなもの見せられたら……」

しばらく実家に帰ります——書き置きを残して姿を消した涼子は、その翌日、電話をかけてきてすべてを白状した。
「実はわたしには、結婚前に長く付き合っていた男性がいました。相手には妻子がいましたから、不倫です。よくないことだとわかっていたし、彼の奥さんに対するジェラシーで身も心もボロボロになって……わたしは逃げるように……そう、本当に現実逃避の一環としてあなたとの結婚話を進めてしまったんです。あなたは素敵な人だったし、結婚してしまえば好きになるかもしれない……そんな淡い期待を抱いていたんですが、やっぱりダメだった……ごめんなさい……送った動画は結婚前のものですけど、それを見ればわかってもらえると思います……相当悩みましたけど、言葉でいろいろ説明するより、ずっとわかりやすいと思ったから……」

水崎は言葉を返せなかった。なるほど、わかりやすかった。涼子という女が男を愛するとどういうふうになるのか、あの動画にはつぶさに記録されていた。表情も仕草《しぐさ》も大胆なイキッぷりまで、夫である水崎が知らない妻の姿ばかりがそこには映っていた。

「あなたと結婚して半年が過ぎても、わたしは彼のことがどうしても忘れられなかった。心は仮死状態で、このまま死んでるみたいに生きていくのかなあって、哀《かな》しくなって……わたしなりにいろいろ努力してみたけど……やっぱり……どうしてもダメで……」

いま思えば、ガーター付きのセクシーランジェリーを着けてセックスを求めてきたのも、涼子なりの努力なのだとわかる。だが、水崎の心はすでに冷えきっていて、夫婦が再生するきっかけにはならなかった。水崎は水崎で、瞼《まぶた》の裏に梨奈の顔を思い浮かべて、自慰《じい》にも似た射精を果たした。

だから、あのセックスが逆に、涼子に踏ん切りをつけさせたのだろう。愛していない男との結婚生活を打ち切る決断をさせた。曲がりなりにも体を重ねていたのだから、相手が心ここにあらずなことは伝わったに違いない。

「そんなとき、元カレから連絡がありました。あなたとの結婚が決まって、もう会わないと告げてから、初めてのことです。離婚したって言われました……キミのことが忘れられないって……ごめんなさい。わたしは彼の元に走るのを我慢できませんでした……」

しばらく実家に帰りますという書き置きは、二重の意味で嘘《うそ》だったようだ。涼子がいるのは実家ではなく昔の男の元であり、しばらくではなく半永久的にそこにいたいということだった。

「信じられないだろ?」

水崎は力なく首を振りながら梨奈を見た。

「彼女にとって俺って男は、いったいなんだったんだろうって思うよ。たしかに夫婦関係は成り立ってなかった。お互いの気持ちが嚙《か》みあわないから離婚するしかないだろうと、俺だって考えていた。しかし……しかしだよ。いちおう盛大な結婚式を挙げて、神様の前で永遠の愛を誓って、正式に籍だって入れているんだぜ。すべてが茶番だったと思うと泣けてくるよ。要するに俺は当て馬だったわけだが……俺と結婚したことによって、元カレも本気で涼子のことを考えるようになり、離婚してよりを戻そうとした……まったく、馬鹿馬鹿しい。はっきり言って、この半年間を返してほしいよ。俺にとっては完全に時間の無駄だったんだから。だいたいね……」

「あのう……」

それまで黙っていた梨奈が遮《さえぎ》ってきた。

「なんだい？」

「そんな話をわたしにして、どういう言葉をかけてもらいたいわけですか？」

「あっ、いや……」

水崎は返答につまった。梨奈がひどく不機嫌そうな顔をしていたからだ。

「当て馬にされて可哀相《かわいそう》って、慰《なぐさ》めてほしいんですか？　それとも、憂《う》さ晴らしに愚痴《ぐち》を聞いてほしいだけ？」

「いやいや……」

水崎は苦笑するしかなかった。

「キミにも真実を知ってほしいと思ったから、長々としゃべってしまったんだ。それだけのことだよ……」

実際は、それだけのことではなかった。こんな話、他の人間にするわけにはいかない。梨奈くらいにしか話すことができないから、言葉がとまらないのだ。

離婚届を提出したことを両親に伝えるとき、水崎は涼子をかばった。自分が至らなかったからだと言うしかなかった。しかし、本音では自分が悪いなどと小指の先ほども思っていなかった。思うわけがない。この離婚はどう考えても、十対ゼロで涼子の過失だ。

「いじけてる水崎さん、ちっともカッコよくない」

「はっ？　いじけてる？　俺が？　おいおい、俺はいじけてるんじゃなくて、怒ってるんだ」

「いーえ、いじけてます」

梨奈はきっぱりと言いきった。

「奥さんに見せられたハメ撮り？　エッチな動画を見て嫉妬《しっと》して、でもそれを認めたくないから、怒ったふりをして本当はいじけてる……」

「そうじゃない」

水崎は遮ったが、自分の言葉がひどく上ずっていることに動揺した。

「嫉妬してるんでしょ？」

梨奈が見つめてくる。瞼を半分落とした、嫌な眼つきだった。

「動画に映ってた奥さんが、自分とエッチしてるときより乱れてたから、悔しいんでしょう？」

「キッ、キミになにがわかる……」

水崎は思わず顔をそむけてしまった。その態度が我ながらいじけていたので、顔が熱くなっていく。

「その動画、どんな感じだったんですか？」

梨奈は急に甘えた声を出すと、身を寄せてきた。

「どんなって……」

「場所はホテル？」

「いや、温泉宿だった。よくあるだろ、部屋に小さい露天風呂がついているところ」

「わたし、行ったことないです」

「じゃあ、今度連れていくよ。温泉って、カップルで行っても風呂場が別々だと面白くもなんともないもんな」

「その部屋付き露天風呂で、奥さんはなにを？」

「なにって……」

水崎は唇《くちびる》を噛みしめた。梨奈がなぜ、動画の内容を詳細に聞きたがるのか、わからなかった。嫉妬していないなら話せるでしょう？　ということなのだろうか。嫉妬はしていたが、梨奈に対してそれを認めるのは、抵抗があった。

「露天風呂に入っててさ……」

できるだけ軽い調子で言った。

「当然裸なわけだから、カメラが近づいていくと、妻は手ぬぐいで前を隠したんだ……その隠し方が……いい年してブリッ子というかなんというか、俺には見せたこともない甘い笑顔なんだよ……なんだこりゃあって思ってると、しゃがみこんでフェラを始めて……あのさ、あんまりこういうこと言いたくないんだけど……妻は俺にはオーラルセックスが苦手って言ってたんだよ。だから俺は……俺は妻にフェラなんかされたことないのに……さもおいしそうに頬張《ほおば》って、エロい音までたててしゃぶりあげて……」

水崎は目頭《めがしら》を押さえた。

「嫉妬して泣いてるわけじゃないよ……そうじゃないんだけど……そうじゃないけど……」

嗚咽《おえつ》がこみあげてきて、あとは言葉にならなかった。大粒の涙が頬を濡らし、握りしめた拳《こぶし》にまで落ちていく。

梨奈が手を握ってくれた。

そのやさしさに、水崎は嗚咽をこらえきれなくなった。梨奈の手を握り返しつつ、子供のように声をあげて泣きじゃくってしまった。

2

「こんな狭い風呂に、ふたりで入れるのかよ？」

水崎は全裸の股間を隠しながら、眉をひそめた。

「大丈夫。涙を流したあとは、お風呂に入ればさっぱりするの。わたしこう見えてけっこう泣き虫だから、いつもそうしてる」

梨奈も全裸で前を隠しながら笑う。

「泣き虫？　本当かな……」

水崎は苦笑するしかなかった。梨奈は若いくせにしっかりしている。芯が強くて頼りになる女だ。今日はそれをつくづく思い知らされた。

元妻の痴態《ちたい》を思いだして泣きじゃくる愚《おろ》かな男に、彼女はただ寄り添ってくれていた。よけいなことは、なにも言われなかった。かえって救われた。なかなかできることではないと思う。

梨奈の部屋はワンルームマンションだから、バスルームは本当に狭かった。いちおうトイレとは分かれているが、洗い場にふたりで立っているだけで窮屈《きゅうくつ》なのに、浴槽となると……。

「ほら、入りましょう。大丈夫よ……んしょっ……」

梨奈にうながされ、湯に浸《つ》かった。なるほど、しばらくすると彼女の言い分も理解できるような気がした。

温かい湯がささくれだっていた心を溶かし、なめらかにしていく。そう言えば、このところシャワーばかりで、じっくり風呂に浸かっていなかった。

それにしても、浴槽が狭すぎる。身動きもとれないまま、梨奈と密着しているしかない。若い彼女の体はピチピチして、艶《なま》めかしい感触がする。ただ触れているだけで、落ち着かなくなってくる。ここが広々とした露天風呂なら、抱きしめて愛撫するのだが……。

「あれれ?」

梨奈が悪戯《いたずら》っぽく眼を丸くした。

「どうして大きくなってるんですか?」

彼女の視線は水崎の股間に向いていた。いつの間にか勃起していた。

「それは……」

水崎は気まずげに眼をそむけた。

「一緒に入ってるからだろ……」

「奥さんの温泉動画のこと思いだしてた？」

「いや……」

本当は少し思いだしていたが、認めるわけにはいかない。

「彼女は彼女で、幸せになればいいよ。俺も幸せになるから……俺にはキミがいる……梨奈と出会えたから、妻のことなんて、もうどうでもいい……」

「そうですよ！」

梨奈は指を立てて声を跳《は》ねあげると、腕にしがみついてきた。ぎりぎりまで入れてある湯がザブンとあふれ、肉まんサイズの乳房が肘《ひじ》にあたる。

「わたしもそう言いたかったんです。わたしという女がいながら、気持ちの離れた奥さんに嫉妬してるなんて馬鹿みたい……」

「……だな」

眼を見合わせて、笑った。梨奈の顔からは、汗が噴きだしていた。こちらの顔も、そうだろう。ひどく熱くなっているから、鏡を見れば真《ま》っ赤《か》に茹《ゆ》だっているに違いない。お湯のせいだけではなく……。

「……もう出よう」

腕にしがみついている梨奈を払うように、身をよじりながら立ちあがった。

「待って……」

梨奈が湯に浸かったまま顔を向けてくる。なにしろ狭い浴槽なので、その顔の前には、勃起しきった男根が裏側をすべて見せて反り返っている。

「なんだよ？　えっ……あっ……」

もみじのように小さな梨奈の手が、太々と膨張した肉竿をつかんだ。すりすりとしごきながら、上目遣いで見つめてきた。

「舐《な》めてあげる……」

「いいよ……ベッドに行こう……」

「ダメ……ここでしたい……」

梨奈は男根をしごきたてながら赤く色づいた唇を割りひろげ、亀頭を頬張った。口が小さいから、必死の形相《ぎょうそう》で咥《くわ》えこむ。いつ見ても、健気《けなげ》なフェラだった。これもいつものことながら、天使のような彼女におのが男根を咥えこませているのが申し訳なくなってくる。

「ぅんんっ……ぅんんっ……」

水崎の気持ちも知らぬげに、梨奈は頭を振って唇をスライドさせてくる。口内粘膜《ねんまく》が男根にぴっちりと吸いついてきて、魂《たましい》までも吸いとられそうになる。

「なっ、なあ……」

水崎は梨奈の頭をやさしく撫《な》でた。

「口の中に唾液《だえき》をたくさん溜めてくれないか？」

「……えっ？」

梨奈が男根を口唇から抜き、首をかしげた。

「唾液をさ、口の中にいっぱい溜めて、それごとチンチンを吸ってくれると気持ちいいんだ。じゅるじゅるって音をたてて」

「へえ……」

梨奈は大きな瞳をくるりとまわし、口の中に唾液を溜めはじめた。水崎が彼女にそんなことを言ったのは初めてだった。梨奈のフェラチオに不満があるわけではなかった。可愛い彼女に咥えてもらうと申し訳なくなるくらいなのだから、不満などあるわけないのだが……。

「……ぅんあっ！」

梨奈があらためて亀頭を頬張ってくる。その口の中には唾液が大量に溜まっていて、先ほどとはまるで違う感覚が訪れる。

「ぅんんっ……ぅんぐっ……」

梨奈は最初、唾液の中で亀頭を泳がせるようにしてきたが、やがてコツをつかんだ。口内粘膜と男根の隙間で唾液を循環させるようにして、じゅるっ、じゅるるっ、と吸いしゃぶってきた。

「おおおっ……」

水崎は腰を反らし、声をもらした。

じゅるっ、じゅるるっ、と吸われるたびに訪れる快感が、男根の芯を経由して、体の芯まで響いてくる。にわかに全身が熱くなり、体中のありとあらゆる場所から汗が噴きだす。

遊んでいるように見えて、梨奈は真面目な女だった。

ナンパしたその日にラブホテルまでついてきながら、ベッドインを拒んで帰っていった。頭にきた水崎は、洒落《しゃれ》たデートコースを用意してエスコートしたが、それも彼女には響かなかった。

自棄《やけ》になって侵入した深夜の小学校が、初めてのセックスの舞台になった。野外にもかかわらず全裸にし、鉄棒を使って駅弁もどきの体位を決めた。色の白い梨奈の体は、月光を浴びてますます白く輝いた。水崎は恋に落ちた。好きにならずにいられないほど、梨奈は可愛い女だった。

「うんんっ……うんんっ……」

　その彼女がいま、汗まみれの顔を生々しいピンク色に染めて、フェラチオに没頭《ぼっとう》している。じゅるっ、じゅるるっ、と卑猥《ひわい》な肉ずれ音をたて、時にチラリとこちらを見上げてくる。

　たまらない快感に身を委《ゆだ》ねながらも、視線が合うと水崎は息を呑んだ。梨奈はキスで感情を伝えてくる達人だったが、いまはフェラから伝わってきた。

　――負けたくない。

　顔中に汗の粒を浮かべ、乱れた髪が貼りつくのもかまわず、一心不乱に男根をしゃぶりまわす彼女から伝わってくる、その感情は嫉妬だった。

　妻からハメ撮り動画が送られてきた顛末《てんまつ》を延々《えんえん》と愚痴っていた水崎に、彼女は言った。

『嫉妬してるんでしょ？』

　だが、実のところ、梨奈もまた、嫉妬していたのだ。水崎の話を通して、涼子に嫉妬していた……。

　にわかに目頭が熱くなってくる。

　自分という男は、なんて自分勝手なのだろう。年下の彼女に甘えて感情をぶちまけ、聞かされている梨奈の気持ちを少しも考えてやれなかった。なのに彼女は、健気にもこうして水崎の男根を咥え、しゃぶりまわしてくれている。水崎が教えたやり方で……水崎が涼子の動画で学んだやり方で……。

「……どうしたんですか？」

梨奈がフェラを中断し、呆《あき》れた表情を浮かべた。

「わたし……フェラされながら泣いている人、初めて見ましたけど……」

水崎の頬は、滂沱《ぼうだ》の涙で濡れていた。涙なら先ほどたっぷり流したはずなのに、いつまでもとまることなく流れつづけた。

3

風呂からあがると、体を拭《ふ》いてベッドに横たわった。

バスルームも浴槽も狭かったし、湿気がこもって息苦しかったから、解放感を覚えた。しかし、ベッドもまた狭いシングルタイプだった。隣に梨奈が横たわっていれば、手足を投げだして大の字になることもできない。自然と身を寄せあうような体勢になり、湯上がりの素肌と素肌を密着させることになる。

「ねえねえ、どうして泣いてたんですか？」

梨奈がニヤニヤしながら訊ねてくる。

「なんとなく感極まっちゃったんだよ……」

「繊細《せんさい》なんですね、離婚後の男の人って」

「そうだな、ガラスのハートだよ」

「でも、ここは元気なままですね？」

梨奈の指が、男根の根元にからんでくる。

「うっ……」

水崎は身をよじった。我ながら不思議なのだが、あれほど号泣したのに、痛いくらいに硬くなったままだった。

「さっきのフェラのやり方、奥さんの動画で見たんでしょ？」

「……ああ」

水崎は眼をそむけてうなずいた。

「悪かったな。ちょっと無神経だった……」

「そんなことないですよ」

梨奈が身を乗りだしてくる。

「むしろ、もっと詳しく教えてほしい」

「……どうして？」

「わたしのほうがうまくなれば、嫉妬もなくなるじゃないですか」

梨奈は馬乗りになってくると、キスの雨を降らせてきた。額、頬、顎《あご》、そして唇……顔中にキスをすると、首筋や耳にも熱い吐息とともに唇を押しつけてきた。

「奥さんとも、小学校の校庭でしましたか？」

「するわけないじゃないか。他の誰ともしたことがない」

「よかった」

梨奈は嬉しそうに相好を崩すと、乳首をねろねろと舌先で転がしてきた。

「むううっ……」

水崎は身をよじってうめいた。今日の彼女はとことん積極的だった。いつもとは逆に、自分がリードしたいらしい。

「さっきのやつ、復習しておこうっと」

両脚の間まで後退《あとずさ》ると、再び男根をしゃぶってきた。じゅるっ、じゅるるっ、と音をたてて……。

水崎は梨奈のリードに身を委ねることにした。彼女は正しかった。涼子が元カレとどれだけ性を謳歌《おうか》していようが、自分たちだって深夜の小学校でとんでもなく破廉恥《はれんち》なセックスを繰りひろげた。もしあのときの一部始終を動画に収めてあり、涼子に見せたらどんな顔をするだろうか。驚き呆れるだけではなく、嫉妬してくれるだろうか……。

センチメンタルな気分に浸《ひた》っていられたのはそこまでだった。

「うおっ……おっ、おいっ、なにをっ……」

いきなり体を丸めこまれ、水崎は焦った声をあげた。見かけによらず、梨奈は力が強かった。さすが子供のころから体育がずっと5だっただけのことはある、と思ったが、口にする余裕はなかった。

水崎は脚をひろげた状態で、でんぐり返しのような状態に押さえこまれていた。女がされればマンぐり返しだが、男がされればチンぐり返しということになるのだろうか。

「やっ、やめろよ、おいっ……」

水崎は声をひきつらせて訴えた。両脚をひろげて尻の穴までさらすのは、顔から火が出そうなほど恥ずかしい。

「こんなこと、奥さんにされたことありますか？」

梨奈は、唾液たっぷりのフェラでネトネトになった男根をしごきながら、悪戯っぽく眼を輝かせている。

「あるわけないじゃないか」

「だったらやめません」

梨奈は挑むように言うと、玉袋を舐めまわしてきた。睾丸を口に含んで吸われると、水崎の息がとまった。痛くはなかったが、魂までも吸いとられるような衝撃があった。

「おっ、おいっ……」

焦った声をあげたのは、梨奈の舌がアヌスを這《は》いまわりはじめたからだった。

「やっ、やめろよ、そんなところっ……」

くすぐったさに身をよじっても、チングり返しで押さえこまれていては、逃れることができない。梨奈はまなじりを決した表情で舌を使ってきた。アヌスの細かい皺を、一本一本舌先でなぞるようにして……。

水崎の心は千々《ちぢ》に乱れた。フェラをされるだけで罪悪感がこみあげてくるのが、梨奈という女だった。可愛い天使が、尻の穴まで舐めまわしてくるなんて、あってはならないような気がした。

アヌスなど舐められても、くすぐったいばかりで、全然気持ちよくないのに……そう思っていたのだが、男根を握りしめられ、アヌスを舐められながらしごかれると、事態は劇的な変化を遂《と》げた。

「おおおっ……おおおおっ……」

水崎は声をあげるのを耐えることができなかった。アヌスを舐められるくすぐったさと、男根をしごかれる心地よさが渾然《こんぜん》一体となり、体の内側がぞわぞわと粟立っていくようだった。

それはいままで経験したことがない種類の快楽だった。単純な快楽ではなく、複雑な快楽なのだ。くすぐったいけど、気持ちいい。気持ちいいけど、くすぐったい……。

気がつけば顔が燃えるように熱くなって、女のように声をあげてよがっていた。もみじのように小さい梨奈の手に握られた男根が、鋼鉄のように硬くなっていくのを感じていた。

「気持ちいいですか？」

梨奈が上目遣いで訊ねてくる。

「男の人って、ここに回春のツボがあるらしいですね？　この前、ネットで勉強しちゃった。元気がなくても、お尻の穴を刺激すると元気になるって……」

「もっ、もういいっ！　もういいからっ！」

水崎がいくら悶絶しても、梨奈は綺麗なピンク色の舌でアヌスを舐めるのをやめようとはしない。

「すごーい。水崎さんのオチンチン、こんなに大きかったでしたっけ？」

アヌスを舐められながらしごきたてられると、男根は限界を超えて硬くなり、先端からとめどもなく熱い粘液が噴きこぼれていく。

「やっ、やめろっ！　もうやめてくれえええっ……」

水崎は真っ赤になって首を振った。恥ずかしい格好をしているからでも、天使にアヌスを舐められているからでもなく、怖いくらいに感じていたからだった。射精欲が、自分でコントロールできない勢いでこみあげてきて、このままでは暴発してしまいそうだ。

「やっ、やめろっ！　そんなにしたらっ……出るっ！　出ちゃいそうだっ！」

「いいですよ、出しても」

眼も眩《くら》むほど甘い声で、梨奈がささやく。

「出したら飲んであげます。梨奈のお口の中に、全部出して……」

「いいからっ！　そんなことしなくていいからっ！　おおおおっ……うおおおおおおっ……」

もうダメだ、と思った瞬間、梨奈はパッと男根から手を離した。

チンぐり返しの体勢からも解放してくれ、水崎はあお向けになって五体を弛緩《しかん》させた。

体中がピクピクと痙攣《けいれん》していて、いつまでもそれがとまらなかった。

4

まさに魂を抜かれたような状態だった。

射精をしたわけでもないのに反撃する気力もなく、水崎は放心状態のまま、しばらくの間、動けなかった。

一方の梨奈は、眼を爛々《らんらん》と輝かせて、水崎の腰にまたがってきた。顔つきから、怖いくらいに欲情が伝わってきた。

放心状態に陥っていても、上にまたがった梨奈が前傾姿勢になると、水崎は反射的に両膝《ひざ》を立てた。

そうすると、どちらかが男根をつかんで角度を合わせなくても、結合できるのだ。ふたりの体の相性のよさを証明しているような気がして、水崎はそのやり方を殊《こと》の外《ほか》気に入っている。おそらく梨奈も……。

「んんっ……」

梨奈は水崎の太腿《ふともも》に尻をこすりつけるようにして、性器と性器を密着させてきた。膝を立てる角度で結合の深さを調整できるから、水崎は下になっていてもイニシアチブを握れる。

「んんんっ……んんんっ……」

身をよじる梨奈は早く欲しがっているようだったが、水崎は我慢させた。梨奈を抱き寄せて唇を重ね、舌と舌をねっとりとりからめあわせた。乳房まで揉みしだくと、梨奈は息をはずませながら、いよいよ物欲しげな顔で見つめてきた。水崎は少しだけ膝を伸ばした。梨奈は水崎の太腿に尻をのせているから、そうすると尻が下にすべり落ちてきて、濡れた花園に切っ先が埋めこまれていく。

「ああああっ……」

せつなげに眉根《まゆね》を寄せて見つめてくる梨奈と、しつこく舌をからませあった。そうしつつ腰を使い、浅瀬をチャプチャプと穿《うが》ってやる。今日はクンニもしていないのに、よく濡れていた。奥から新鮮な蜜がしたたってくるのを、感じられるほどである。

「んんんっ……くぅううっ！」

乳首をいじってやると、早くも梨奈の体は妖《あや》しくくねりだした。水崎はまた少し、両膝を伸ばした。梨奈の尻が落ちてきて、男根が半分まで埋まった。ゆっくりと抜き差しした。

水崎は、騎乗位で時間をかけて結合するのが、たまらなく好きだった。梨奈を焦《じ》らし、自分も焦らす。じわじわと淫《みだ》らなエネルギーが溜まっていくのが実感できる。やがて訪れる爆発のときを心待ちにしながら、舌をしゃぶりあい、昂《たか》ぶる吐息をぶつけあう。

「あああああーっ！」

根元まで男根を埋めこむと、梨奈はキスを続けていられなくなった。腰を使っているのは、下になった水崎である。ぐいぐいと抜き差しする。両手で尻の双丘をつかめば、さらに奥まで入っていける。

「ああっ、いいっ！」

潤みきった瞳で見つめながら、梨奈が叫ぶ。

「すっ、すごい、硬いっ……オチンチン、硬いいっ！」

それは彼女自身のせいだと、水崎は思った。アヌスを舐められたからではなく、梨奈が相手ならいつだって男根は限界を超えて硬くなる。一ミリでも深く奥に入りたいという欲望が、そうさせる。

「んんんっ……あああっ……」

一ミリでも深く繋がりたいのは、梨奈も同じようだった。上体を起こし、体重を結合部にかけてきた。深く咥えこんだまま前後に腰を動かし、女らしい美乳を揺れはずませる。

「ああっ、いいっ！　すごいいいいいっ……」

もっと深く咥えこみたいなら――水崎はハッと思いたって、梨奈の両膝をつかんだ。騎乗位のままM字開脚を披露させると、その中心部に体重がかかる。亀頭が子宮を押しあげているのが、はっきりとわかる。

「ああっ、いやっ……いやいやいやっ……こんなのダメッ……おっ、おかしくなるっ……おかしくなっちゃううう――っ！」

梨奈は淫らなまでに腰をグラインドさせ、みずから子宮を亀頭に押しつけてきた。とはいえ、可愛い顔が生々しいピンク色に染まりきっているのは、肉の悦《よろこ》びのせいだけではないようだった。

恥ずかしいのだ。水崎は普段、騎乗位でこんなふうに両脚をひろげさせない。天使のような梨奈に、卑猥な体位は似合わないと思っているからだが、いざさせてみればすさまじく興奮した。

彼女は天使ではないからだった。

嫉妬もすれば、好きな男の尻の穴まで舐めたがる、生身の人間なのだ。

「ああっ、いいっ！　気持ちいいようっ！」

ひいひいと喉《のど》を絞ってよがり泣く姿は、天使なんかじゃない！　とみずから宣言しているようにすら見えた。ここは彼女の部屋なのに、今日に限って声をあげるのを気にする素振りもない。

「いやらしいっ！　いやらしいっ！」

水崎が咎《とが》めるように言うと、

「いやっ、見ないでっ！」

梨奈は両脚を閉じようとしたが、もちろん許さなかった。水崎は彼女の両膝をつかみ、結合部を凝視した。

「丸見えだっ！　出たり入ったりするのがよく見える」

「いやっ！　いやっ！」

羞《は》じらう梨奈の顔が、水崎をさらなる興奮へいざなっていく。男の尻を舐めたがるスケベな女には、もっといやらしい格好が似つかわしい。

「おっぱい揺らしすぎだ」

「えっ……」

梨奈は戸惑いの表情で腰の動きを緩めた。

「乳首をつまんで、揺れるのを押さえてくれ」

「……本気？」

「ああ」

水崎はうなずいた。そこまですれば、すべてが吹っ切れるような気がした。心が通い合わないまま別れてしまった妻のことを……。

「頼む」

意を決した水崎の表情に、梨奈はなにかを感じとってくれたのだろう。可愛い顔を羞じらいに歪《ゆが》めながらも、両手を胸のふくらみに伸ばしていった。清らかなピンク色の乳首を、左右ともつまみあげた。

「……こう？」

いまにも泣きだしそうな顔で言った。

「ああ」

水崎は眼を細めてうなずき、すかさず下から梨奈の体を揺すりたてていく。

「はぁあああああーっ！」

梨奈は白い喉を突きだし、再び腰をグラインドさせはじめた。

「離すなよっ！　絶対に乳首から手をっ……」

「ああっ、いやっ！　かっ、感じちゃうっ！　自分でつまんでるのに、感じちゃううううーっ！」

その言葉は、嘘ではないようだった。腰の動きは淫らさを極め、奥から新鮮な蜜がしとどにあふれてきた。ずちゅ、ぐちゅっ、と卑猥な音がたっても、梨奈はもう、羞じらうこともできなかった。

「ああっ、いやっ！　イッちゃいそうっ……もうイッちゃうっ……」

すがるような眼で見つめられ、水崎はうなずいた。ただし、このままイカせるわけにはいかなかった。

右手を彼女の膝から離し、結合部へ伸ばしていった。涼子は動画の中で、自分でクリをいじっていたが、梨奈にそこまで求めるのは酷《こく》のような気がした。しかし、刺激はしたかった。左右の乳首を自分でつまませたまま、肉の悦びに溺《おぼ》れている彼女の、いちばん感じるところを……。

「はっ、はぁあうううううううーっ！」

親指ではじくようにクリトリスを刺激した。梨奈のそれは大きいから、恥毛や花びらに埋もれていてもすぐにわかった。

「ダッ、ダメえええっ……そんなのダメえええええっ……」

梨奈はガクガクと腰を揺すり、顔をくしゃくしゃに歪めていく。

「イッ、イッちゃうっ……もうイクッ……イクイクイクッ……はっ、はぁあううううううーっ！」

ビクンッ、ビクンッ、と腰を跳ねあげ、梨奈は絶頂への階段を一足飛びに駆けあがっていった。ぎゅうっと締まった蜜壺の感触に、水崎の顔も歪む。射精がもう、すぐそこまで迫っている。

しかし——。

「いっ、いやあああああああーっ！」

五体の肉という肉を痙攣させている梨奈が、腰を跳ねあげすぎて男根がスポンと抜けた。次の瞬間、こちらに出張らせた股間の中心から、なにかが噴射した。放物線を描いて、水崎の胸に飛んできた。

「いやああーっ！　いやあああああああーっ！」

潮吹きなのか失禁なのか、梨奈は漏らしながら泣いていた。それでも五体は快感に支配されたままで、浮かせた腰がガクガクと震えている。

たまらなかった。

あまりにいやらしい光景に、水崎は男根を放置したまま、あんぐりと口を開いて見入ってしまった。

脳裏《のうり》に残っていた涼子の絶頂シーンが、霧散《むさん》していくのを感じた。

梨奈によって上書きされ、二度と思いだすことはないような気がした。

金曜日　銀座　18：00

一〇〇字書評

切・り・取・り・線

購買動機（新聞、雑誌名を記入するか、あるいは○をつけてください）	
□（　　　　　　　　　　　　　　　）の広告を見て	
□（　　　　　　　　　　　　　　　）の書評を見て	
□ 知人のすすめで	□ タイトルに惹かれて
□ カバーが良かったから	□ 内容が面白そうだから
□ 好きな作家だから	□ 好きな分野の本だから

・最近、最も感銘を受けた作品名をお書き下さい

・あなたのお好きな作家名をお書き下さい

・その他、ご要望がありましたらお書き下さい

住所	〒				
氏名		職業		年齢	
Eメール	※携帯には配信できません	新刊情報等のメール配信を 希望する・しない			

この本の感想を、編集部までお寄せいただけたらありがたく存じます。今後の企画の参考にさせていただきます。Eメールでも結構です。

いただいた「一〇〇字書評」は、新聞・雑誌等に紹介させていただくことがあります。その場合はお礼として特製図書カードを差し上げます。

前ページの原稿用紙に書評をお書きの上、切り取り、左記までお送り下さい。宛先の住所は不要です。

なお、ご記入いただいたお名前、ご住所等は、書評紹介の事前了解、謝礼のお届けのためだけに利用し、そのほかの目的のために利用することはありません。

〒一〇一‐八七〇一
祥伝社文庫編集長　坂口芳和
電話　〇三（三二六五）二〇八〇

祥伝社ホームページの「ブックレビュー」からも、書き込めます。
http://www.shodensha.co.jp/bookreview/

祥伝社文庫

金曜日《きんようび》 銀座《ぎんざ》 18:00

平成30年5月20日　初版第1刷発行

著　者　草凪《くさなぎ》 優《ゆう》
発行者　辻　浩明
発行所　祥伝社《しょうでんしゃ》
東京都千代田区神田神保町3-3
〒101-8701
電話　03（3265）2081（販売部）
電話　03（3265）2080（編集部）
電話　03（3265）3622（業務部）
http://www.shodensha.co.jp/

印刷所　萩原印刷
製本所　ナショナル製本
カバーフォーマットデザイン　芥 陽子

Printed in Japan ©2018, Yū Kusanagi　ISBN978-4-396-34420-7 C0193

祥伝社文庫の好評既刊

飛鳥井千砂　君は素知《そし》らぬ顔で

気分屋の彼に言い返せない由紀江《ゆきえ》。彼の態度は徐々にエスカレートし……。心のささくれを描く傑作六編。

安達千夏　モルヒネ

在宅医療医師・真紀《まき》の前に七年ぶりに現われた元恋人のピアニスト・克秀《かつひで》の余命は三ヵ月。感動の恋愛長編。

市川拓司　ぼくらは夜にしか会わなかった

初めての、生涯一度の恋ならば、みっともなくたっていい。〝忘れられない人がいる〟あなたに贈る愛の物語。

加藤千恵　映画じゃない日々

一編の映画を通して、戸惑《とまど》い、嫉妬、希望……不器用に揺れ動く、それぞれの感情を綴《つづ》った八つの切ない物語。

近藤史恵　カナリヤは眠れない

整体師が感じた新妻の底知れぬ暗い影の正体とは？　蔓延する現代病理をミステリアスに描く傑作、誕生！

小手鞠るい　ロング・ウェイ

人生は涙と笑い、光と陰に彩られた長い道のり。時と共に移ろいゆく愛の形を描いた切ない恋愛小説。

祥伝社文庫の好評既刊

今村翔吾
火喰鳥《ひくいどり》
羽州《うしゅう》ぼろ鳶《とび》組

かつて江戸随一と呼ばれた武家火消・源吾《げんご》。クセ者揃いの火消集団を率いて、昔の輝きを取り戻せるのか⁉

今村翔吾
夜哭烏《よなきがらす》
羽州ぼろ鳶《とび》組②

「これが娘の望む父の姿だ」火消としての矜持を全うしようとする姿に、きっと涙する。最も〝熱い〟時代小説！

今村翔吾
九紋龍《くもんりゅう》
羽州ぼろ鳶《とび》組③

最強の町火消とぼろ鳶組が激突⁉ 残虐な火付け盗賊を前に、火消は一丸となれるのか。興奮必至の第三弾！

今村翔吾
鬼煙管《おにきせる》
羽州ぼろ鳶《とび》組④

源吾京都を未曾有の大混乱に陥れる火付犯の真の狙いと、それに立ち向かう男たちの熱き姿！

白石一文
ほかならぬ人へ

愛するべき真の相手は、どこにいるのだろう？ 愛のかたちとその本質を描く、第142回直木賞受賞作。

小路幸也
娘の結婚

娘の結婚相手の母親と、亡き妻との間には確執があった？ 娘の幸せをめぐる、男親の静かな葛藤と奮闘の物語。

祥伝社文庫の好評既刊

新堂冬樹
黒い太陽 上
風俗王を目指す若き男。立ちはだかるキャバクラ界の帝王。凄絶な闘いの行方は？　業界の裏側を描く暗黒小説。

新堂冬樹
黒い太陽 下
三兆円産業を制するのは誰だ？　TVドラマ化され、キャバクラ店長が絶句したほどの圧倒的リアリティ！

佐藤青南
ジャッジメント
容疑者はかつて共に甲子園を目指した球友だった。新人弁護士・中垣《なかがき》は、彼の無罪を勝ち取れるのか？

佐藤青南
たぶん、出会わなければよかった嘘つきな君に
嘘だらけの三角関係――。それでも僕は恋をあきらめたくない。衝撃の結末が待つ、純愛ミステリーの決定版。

中山七里
ヒポクラテスの誓い
法医学教室に足を踏み入れた研修医の真琴《まこと》。偏屈者の法医学の権威、光崎《みつざき》とともに、死者の声なき声を聞く。

畑野智美
感情8号線
目の前の生活に自信が持てない六人の女性。環状8号線沿いに暮らす彼女たちのリアルで切ない物語。

〈祥伝社文庫　今月の新刊〉

渡辺裕之
追撃の報酬　新・傭兵代理店
平和活動家の少女がテロリストに拉致された。藤堂らはアフガニスタンに急行するが……。

川崎草志
浜辺の銀河　崖っぷち町役場
総務省から出向してきた美人官僚が、隣町の副町長に。隣町との生き残り戦争が始まる⁉

近藤史恵
スーツケースの半分は
さぁ、〝新しい私〟に出会う旅に出よう。心にふわっと風が吹く、幸せをつなぐ物語。

西村京太郎
十津川警部捜査行　恋と哀しみの北の大地
特急おおぞら、急行宗谷、青函連絡船――。旅情あふれる北海道のミステリー満載！

坂井希久子
虹猫喫茶店
〝お猫様〟至上主義の店には訳あり客が集う。寂しがり屋の人間と猫の不器用な愛の物語。

草凪　優
金曜日　銀座　18:00
銀座・コドリー街。男と女が出会い、喜悦の声を上げる――。情欲そそる東京恋物語。

経塚丸雄
まったなし　落ちぶれ若様奮闘記
御家再興を目指す元若様の屋敷周辺に怪しい影が……。問題山積、されど前向き時代小説！

今村翔吾
菩薩花　羽州ぼろ鳶組
「大物喰いだ」追い詰められた火消の起死回生の一手。不審な付け火と人攫いに挑む！

辻堂　魁
修羅の契り　風の市兵衛　弐
共に暮らし始めた幼き兄妹が行方不明に。市兵衛は子どもらの奪還に全力を尽くすが……。